HIP-HOP, HUND UND HERZGEHÜPFE

Karen-Susan Fessel

HIP-HOP, HUND UND HERZ-GEHÜPFE

Mein Leben als Zwilling

KOSMOS

Covergestaltung Henry's Lodge, Zürich, unter Verwendung
von Illustrationen von Isabelle Göntgen

FSC
www.fsc.org
MIX
Papier aus verantwortungsvollen Quellen
FSC® C014496

Gedruckt auf chlorfrei gebleichtem Papier

ISBN 978-3-440-14630-9

Redaktion: Ina Lutterbüse
Produktion: Verena Schmynec
Grundlayout und Satz: DOPPELPUNKT, Stuttgart
Printed in Germany/Imprimé en Allemagne

INHALT

Für Amon

1

LIEGESTÜTZE UND HUNDELEINEN

„Ach du Scheiße! Hast du dich verletzt?“

Genau so fing es an! Mit dieser erschrockenen Stimme. Aber antworten konnte ich nicht. Jedenfalls nicht gleich. Weil ich erst mal noch Sternchen sah. Jede Menge sogar.

Schon mal über eine Hundeleine gestolpert? Übel! Echt übel! Ganz böse Falle.

Gerade noch war ich wie der Blitz den Bürgersteig runtergerannt, weil ich spät dran war, aus unserem Haus raus, am Computerladen und der Nageltrulla vorbei, und ich war schon fast an der Eckkneipe angekommen, da ging die Tür von Nummer 28 auf und so ein helles Fellknäuel schoss heraus, direkt vor mir über den Gehweg, zack, zum nächsten Baum.

Und dann war da irgendwas auf einmal zwischen meinen Füßen, und klatsch, schon lag ich unten.

Erst mal sah ich also nur Sternchen, und dann passierten gleich zwei Sachen auf einmal: Ich kriegte etwas Nasses ins Gesicht. Und jemand rief etwas.

„Hast du dich verletzt?“, hörte ich eine Frauenstimme. „Oh, das tut mir echt total leid!“

Das musste ich wohl überprüfen. Ging aber noch nicht. Weil ich nur diese schönen goldenen Sternchen sah, die sich vor meinen Augen drehten und blinkten. Und dann, als sie langsam verblassten, erkannte ich eine Frau mit großen braunen Augen, die sich über mich beugte.

„Mensch, Junge! Jetzt sag doch mal was!“, rief sie besorgt.

„Hmmpf“, machte ich. „Was? Ich bin kein Junge.“

Die Frau beugte sich vor. „Ich dachte ... du hast ja so kurze Haare“, rief sie. „Entschuldigung! Alles okay mit dir?“

Schlapp! Wieder war da etwas Nasses in meinem Gesicht. Ich machte schnell ein Auge zu, das andere ließ ich auf. Eine Hundeschnauze! Mit einer megalangen Zunge drin, die mir quer über die Wange leckte. Hilfe, das kitzelte vielleicht!

„Harry, lass das!“, rief die Frau streng. „Sorry. Harry ist noch ziemlich jung. Und anscheinend findet er dich gut. Wahrscheinlich riechst du lecker!“

Harry wuffte einmal kurz auf und wedelte heftig. Ich versuchte, ihn mir genauer anzusehen. Von unten ging das nicht so richtig gut, da sah ich nur die Unterseite seiner Schnauze und die Zunge und helles, flauschiges Fell, aber dann senkte Harry den Kopf und legte ihn schief, und da konnte ich ihn dann richtig sehen.

Wow! Voll mein Traumhund! Mit so hellem Puschelfell und einem frechen Gesicht und Schlappohren. Das heißt, eins hing und eins stand schräg vom Kopf ab. Und dann wackelten beide Ohren, als er sich bückte und mir wieder über die Wange leckte.

„Harry! Jetzt ist aber Schluss!“, rief die Frau, streckte mir die Hand hin und zog mich mit Schwung hoch.

Als ich stand, musste ich erst mal tief Luft holen. Die Frau sah mich immer noch besorgt an und Harry versuchte, mir die Hand zu lecken. Das kitzelte auch, aber nicht so sehr wie im Gesicht.

„Alles okay?“, fragte sie noch mal. „Hast du dir wehgetan?“

„Nö“, log ich. „Nö, gar nicht. Was ist denn eigentlich passiert?“ Ich sah an mir runter. Meine Knie waren dreckig, aber immerhin war die Hose noch heil. Ein Glück, Papa wär sonst ausgeflippt, wenn mal wieder eine meiner Hosen kaputt wäre. „Kannst du dir nicht mal ein Beispiel an deinem Bruder nehmen?“, schimpfte er dann immer. „Mika hat nie kaputte Hosen!“

Da hatte er recht. Aber ich bin eben nicht so wie Mika. Auch wenn der hundertmal mein Zwillingsbruder ist!

„Also, ich würde sagen, du bist über Harrys Leine gestürzt“, sagte die Frau und zuckte mit den Schultern. „Ich hab nicht dran gedacht, dass hier jemand für die Leichtathletik-WM trainieren könnte. Aber ich wohne ja auch erst seit gestern hier. Ist das hier deine Sprint-Übungsstrecke oder warum bist du hier so langgerast?“

„Ich hatte ... ich hab es einfach eilig! Ich muss zum Hip-Hop.“

„Hip-Hop? Cool!“, sagte sie.

„Ja. Aber ich muss jetzt wirklich los!“ Musste ich auch. Wenn John nämlich schlechte Laune hat, dann hat man echt nichts zu lachen, wenn man zu spät kommt. Und ob er schlechte Laune hat, weiß man ja nicht vorher, oder?

Harry winselte. Er hatte sich jetzt hingesetzt und sah mich bittend an.

Okay, einen Schönheitswettbewerb konnte der sicher nicht gewinnen, aber er war einfach verdammt süß. Sein

Frauchen dagegen schon eher. Sie sah ziemlich hübsch aus, fand ich, mit ihren braunen Augen und den dunklen lockigen Haaren.

Ich bückte mich und streichelte meinem Traumhund über den Kopf. „Tschüss, Harry!"

Harry zog die Lefzen hoch. Es sah aus, als ob er grinste. Und dann leckte er mir ein letztes Mal über die Hand.

„Tschüss!", rief Harrys Frauchen mir nach. „Und pass auf kreuzende Hundeleinen auf!"

„Mach ich!", schrie ich zurück und winkte. Und dann sprintete ich auch schon los. Wie der Blitz! Und diesmal, ohne hinzuklatschen, natürlich.

Eigentlich war Papa schuld, dass ich zu spät dran gewesen war. Angefangen hatte es nämlich damit, dass wir gestritten hatten. Natürlich über unser Lieblingsstreitthema.

„Nein!", rief Papa. „Nein, nein und nochmals nein!"

„Doch!"

„Nein!" Papa schüttelte zornig den Kopf und Mika kicherte. Papa sah aber auch immer zum Schießen aus, wenn er versuchte, superstreng zu sein.

„Hör auf zu kichern!", blaffte Papa Mika an. „Räum du mal lieber den Tisch ab!"

„Mann, Papa, reg dich ab!“ Aber Mika stand trotzdem auf und räumte seinen Teller ab und Papas und den übrig gebliebenen Kuchen noch dazu. Schleimer!

„Und du, Milla“, brummte Papa, „du schreibst es dir jetzt mal hinter die Ohren: Nein! Ich kann dieses ewige Betteln nicht mehr ertragen!“

„Brauchst du ja auch nicht, wenn du's erlaubst.“

„Milla!“ Papa wurde ein bisschen rot im Gesicht. „Ich hab Nein gesagt, und dann meine ich auch Nein!“

„Aber wieso?“, fragte ich scheinheilig und trank meinen Saft aus. Papa nahm seine Kaffeetasse und trank sie ebenfalls aus, in einem Zug und mal wieder viel zu schnell. Dann verzog er das Gesicht. Macht er ständig beim Kaffeetrinken. Keine Ahnung, warum er dieses fiese Zeug trotzdem trinkt.

„Darum!“, sagte er energisch und knallte seine Tasse auf den Tisch. „Wir haben das schon so oft besprochen, dass ich es nicht mehr hören kann!“

„Soll ich deine Tasse abräumen, Papa?“, flötete Mika. Boah, voll der Oberschleimer!

„Gern, Mika“, sagte Papa. „Milla, du musst los. Du bist schon spät dran!“

Ich stand langsam auf. „Erst, wenn du mir erklärst, warum nicht!“

Papa blies die Backen auf. Dann ließ er die Luft ganz langsam wieder ab. „Wir kön-nen kei-nen Hund ha-ben, weil wir nicht ge-nug Zeit für ihn ha-ben!“, sagte er, wobei er jede Silbe mit Nachdruck betonte. „Ihr seid den ganzen Tag bis um vier in der Schule, und ich arbeite meistens bis sechs oder halb sieben und ab und zu am Wochenende und manchmal sogar nachts, wenn ich Bereitschaft habe. Und wer soll dann mit dem Hund raus?“

„Nachts schlafen Hunde ja wohl“, sagte ich. „Und ich kann in der großen Pause rüberrennen und mit dem Hund runtergehen. Und wir könnten die Kaffeepause ausfallen lassen, dann kann ich nach der Schule auch gleich wieder mit ihm los.“

„Kommt nicht infrage!“, rief Papa und schlug wieder mit der Faust auf den Tisch, aber nur ein bisschen. „Die Kaffeepause bleibt! Das weißt du genau!“

Mika verdrehte hinter seinem Rücken die Augen und ich seufzte.

Die Kaffeepause am Nachmittag ist Papa heilig. Er findet, wenn wir uns schon so wenig sehen, dann sollten wir wenigstens so oft wie möglich zusammen Kaffee trinken. Dabei trinken Mika und ich gar keinen Kaffee, sondern Saft.

Aber Kuchen essen wir. Selbst gebackenen von Papa.

Papa kann super Kuchen backen. Aber das ist auch so ziemlich das einzige Mütterliche an ihm.

Sagt er.

Ob das stimmt? Keine Ahnung. Mika und ich, wir haben zwar auch eine Mutter, aber die lebt nicht bei uns, sondern irgendwo anders. Und wie es war, als sie noch da war, daran kann ich mich nicht erinnern.

„Dass das mal klar ist, es gibt keinen Hund, und basta!“, sagte Papa und stand auf.

„Doch!“, sagte ich.

„Nein! Endgültig: Nein!“

„Wirst du schon sehen!“, murmelte ich, sprang auf und rannte aus der Küche.

„Teller abräumen!“, schrie Papa hinter mir her.

Das war die perfekte Gelegenheit, um meinen Supertrick zu bringen!

Ich trat in die Bremsen, flitzte zurück, griff meinen Becher und meinen Teller, machte einen Satz zum Geschirrspüler, zog ihn auf, knallte Teller und Becher rein, klappte ihn zu und rannte wieder raus. Alles in Megageschwindigkeit – knapp vier Sekunden!

Papa glotzte mir mit offenem Mund nach. Dann fasste er sich. „Na also, geht doch!“, rief er hinter mir her.

Klar geht das! Hab ich zigfach geübt, immer, wenn Papa und Mika nicht da waren. Man muss die eigenen Leute auch mal ein bisschen überraschen können, sonst wird's ja langweilig. Und Papa sollte meinetwegen ruhig glauben, dass er gewonnen hatte – aber die Sache mit dem Hund, da war noch lange nicht das letzte Wort gesprochen.

Mika war schon in unserem Zimmer und suchte seine Ballettklamotten zusammen. „Hast du meine Schläppchen gesehen?", fragte er und sah sich nervös um.

„Ich? Nö!" Hatte ich natürlich doch. Aber wenn mein verpeilter Bruder nun schon zum hundertsten Mal seine Ballettschühchen in meine Schrankhälfte gelegt hatte, dann musste ich sie eben auch mal verstecken! Als Erziehungsmaßnahme sozusagen.

„Mist! Wo sind die Dinger?", fragte er und fuhr sich durch die Haare. Im Gegensatz zu mir trägt Mika die Haare lang, also ziemlich lang. Sie reichen schon bis übers Kinn und er will sie noch länger wachsen lassen. Wahrscheinlich bis zum Hintern, oh, Hilfe!

„Weiß ich doch nicht." Ich stopfte mein Shirt, die Jogginghose und die Turnschuhe in meinen Rucksack.

„Milla! Jetzt sag schon! Du hast sie!", bettelte Mika. „Ich muss doch auch gleich los!"

„Stimmt doch gar nicht. Du hast noch eine ganze Stunde Zeit." Wir gehen zwar in dieselbe Tanzschule zwei Ecken weiter, aber Mikas Ballett fängt erst an, wenn mein Hip-Hop zu Ende ist.

„Aber du hast sie. Das weiß ich!", rief Mika aufgeregt. „Und wenn ich ohne sie antanze, kriege ich tierischen Ärger mit Dragana."

„Guck mal unter dein Kopfkissen!", rief ich gnädigerweise über die Schulter, und dann war ich draußen.

Na ja, und den Rest kennt ihr ja schon.

John hatte an diesem Tag tatsächlich schlechte Laune und war voll stinkig, weil ich zu spät kam.

„Aha, das Fräulein kommt also auch noch mal?", fragte er und verschränkte die Arme vor der Brust. „Dann kannst du ja gleich mal zehn Extraliegestützen zum Warmwerden machen. Hopp, hopp!"

Jackie blinzelte mir verschwörerisch zu, und ein paar von den anderen Mädchen lächelten mich mitfühlend an. Ich schlurfte rüber in die Trainingsecke, hockte mich hin und legte los.

„Gut so!", rief John. „Und eins und zwei ..."

Als ich die zehn Liegestütze hinter mir hatte, war ich schon völlig geschafft, aber das störte John natürlich nicht weiter. „Okay, Milla! In die erste Reihe, neben Jackie, bitte! Ich hoffe, ihr wisst noch, womit wir letztes Mal aufgehört haben? Also, eins, zwei, drei und …“ Er schaltete den Rekorder hinter ihm ein, und ein fetter Beat dröhnte aus den Boxen. *„Move on!* Arme hoch und eins, zwei, rechter Fuß …“ Lässig machte er die Schrittfolge vor und beobachtete uns dabei, aber ich sah genau, dass er mich voll im Blick hatte.

„Pass bloß auf!“, flüsterte Jackie an meiner anderen Seite. Aber grinsen mussten wir auch.

John ist zwar manchmal superstreng (wie gesagt, wenn er schlechte Laune hat!), aber auch supernett. Und es macht Spaß, bei ihm Unterricht zu haben. Wenn man nicht gerade zu spät gekommen ist und erst mal zehn Liegestützen hinlegen muss.

Mika hat es da nicht so gut – seine Ballettlehrerin, Dragana, ist absolut oberstreng, und zwar immer!

Johns Laune wurde zwar mit jeder Minute besser, aber ich konnte mich die ganze Stunde über nicht richtig konzentrieren. Ständig machte ich falsche Schrittfolgen, den Backspin, die Drehung rückwärts, kriegte ich nur halb hin und stieß dabei volle Kanne mit Tom zusammen, und schließlich boxte Isi mich in die Seite, weil ich ihr auf die Füße getreten war.

„'tschuldige!", sagte ich schnell.

„Selber *'tschuldige*", giftete Isi zurück. „Mensch, was ist denn mit dir los?"

Was mit mir los war? Ich musste immerzu an den Hund denken. Der war so süß!

Und dann kam mir eine Idee, und ich blieb so plötzlich stehen, dass Tom schon wieder gegen mich prallte.

„Du Vollpfosten! Pass doch mal auf!"

Aber ich konnte nur blöd grinsen.

Die Idee war richtig gut. Und zwar so richtig!

Wenn ich schon keinen eigenen Hund kriegte, dann konnte ich mir ja einen ausleihen.

2

EIN DEAL MIT MIKA

Es war Mittwoch, und wie jeden Mittwoch düste ich nach dem Tanzen zu Oma.

Oma wohnt in einem Betreuten Wohnen, also in so einer kleinen Wohnung in einem Haus mit lauter anderen alten Leuten in genauso kleinen Wohnungen oben am Kreuzberg.

„Komm rein, Milla!", begrüßte mich Oma, als sie die Tür öffnete. Ich hatte nicht mal klingeln müssen, Oma hört irgendwie immer, wenn ich komme.

Ich ging durch den schmalen Flur in die Küche, und Oma lächelte, als ich mich auf die Küchenbank fallen ließ.

„Ein bisschen Gift gefällig?"

„Unbedingt!" Ich lächelte zurück, und Oma holte eine Eineinhalbliterflasche Diätcola aus dem Kühlschrank und goss mir ein großes Glas ein und sich selber auch. Papa würde zu viel kriegen, wenn er das wüsste. Cola! Und dann auch noch Diätcola. Superungesund! Supersuper-ungesund!

„Prost“, sagte Oma und setzte sich mir gegenüber. Wir nahmen einen großen Schluck, dann kramte Oma ein paar Kekse hervor und stellte das Mensch-ärgere-dich-nicht-Spiel auf den Tisch. „Los, diesmal fange ich an. Und ich nehme Gelb und Rot!“

Das ist wirklich nichts Neues, denn Oma nimmt immer Gelb und Rot. Und ich immer Grün und Schwarz, wir spielen nämlich immer mit allen vier Farben. Aber ich hatte meine Figuren noch gar nicht alle aufs Spielbrett gesetzt, als Oma schon loswürfelte. Und sofort zwei Sechsen hintereinander!

„Oma! Das geht doch nicht!“, rief ich, als sie mit triumphierender Miene eine Figur raussetzte.

„Pöh! Wieso? Ich hatte eine Sechs.“ Oma würfelte schon wieder, eine Vier diesmal.

„Aber ich hab meine Figuren noch gar nicht aufgestellt!“

„Dann musst du dich eben beeilen. Du bist doch sonst immer so schnell“, sagte Oma und setzte ihre Figur vier Felder weiter. „So, du bist dran!“

Ich verdrehte die Augen und würfelte ebenfalls. Zwei Einsen, dann eine Sechs und noch eine Eins. „Das ist eigentlich ein doofes Spiel“, sagte ich, während ich zusah, wie Oma die nächsten beiden Sechsen würfelte. „Vor allem, wenn man mit einer Oma spielen muss, die ständig schummelt.“

„Ich schummele nicht“, sagte Oma und setzte ihre Figur direkt hinter meinen einzigen Schwarzen, der schon draußen war. „Ha, gleich hab ich dich!“

Oma warf in der Tat alle meine mühselig rausgesetzten Figuren sofort wieder raus und hatte kurz darauf auch schon ihre erste eigene im Häuschen. „Juhu!“, rief sie vergnügt. „Jetzt erzähl mal. Gibt es was Neues? Von der Schule oder so?“

„Von der Schule nicht, aber ich bin heute über einen total süßen Hund gefallen!“, sagte ich und seufzte. Schon wieder eine mickrige Eins. „Der lief mir voll vor die Beine. Aber der war total süß! Ich hätte so gern selbst einen Hund, Oma!“

„Tja, aber das wird dein Vater niemals erlauben“, sagte Oma und grinste frech, als sie meine nächste Spielfigur vom Brett kegelte. „Raus mit dir! Haha!“

„Dabei mag Papa Hunde doch auch total gern“, sagte ich und goss mir noch ein wenig Giftcola ein. „Ich versteh das nicht. Und außerdem ...“ Ich sah Oma vorsichtig an. „Außerdem könntest du ja vielleicht, also ganz vielleicht auch mal auf ihn aufpassen. Also, wenn wir einen hätten. Schließlich bist du doch auch total hundelieb, Oma ... Du hattest doch Zorro!“

„Mein heiß geliebtes Enkelkind“, begann Oma und holte tief Luft. „Meine allerliebste und einzige Enkeltochter. Ja, ich liebe Hunde. Und ich hatte immer einen Hund, und zuletzt Zorro, und Zorro ruht jetzt sanft im Himmel oder wo auch immer. Und natürlich würde ich immer mal wieder auf einen Hund aufpassen. Aber dein Vater will keinen Hund, aus guten Gründen. Und außerdem darf man hier im Betreuten Wohnen auch gar keinen Hund halten.“ Oma lehnte sich zurück und setzte dabei wie beiläufig noch eine Spielfigur ins Häuschen.

„Dann zieh doch zu uns!“, sagte ich und beäugte das Spielfeld. Oma hatte jetzt schon drei Figuren drin und ich noch keine einzige!

„Ach ja, und wohin? In eure Speisekammer vielleicht?“ Oma grinste und ich musste auch grinsen. Nie im Leben würde Oma zu uns ziehen, das wussten wir beide. Sie und Papa vertrugen sich zwar gut, aber nur, wenn sie auseinander wohnten. „Ihr könnt froh sein, dass ich schon so nahe bei euch wohne.“

„Sind wir ja auch", sagte ich und setzte meine letzte auf dem Spielfeld verbliebene Figur zwei Felder weiter. Oma war schließlich erst vorletztes Jahr zu uns in die Stadt gezogen. Jetzt konnten wir sie zwar nicht mehr in ihrem Häuschen auf dem Lande gleich an einem See besuchen, aber dafür so oft, wie wir wollten.

Oma würfelte, kniff die Augen zusammen und feuerte mit Schwung meine letzte Figur vom Brett. „Ha, und tschüss!"

„Ach, Mensch, Oma!"

„Ja, das Leben ist hart", sagte Oma. „Das kann man gar nicht früh genug lernen." Sie grinste listig, dann zog sie die Stirn kraus. „Sag mal, was ist eigentlich mit eurer Tanzschule? Habt ihr nicht bald diesen Tag der offenen Tür?"

„Ja, in drei Wochen." Ich würfelte eine Sechs und eine Vier, setzte raus und kegelte Omas Gelben vom Brett. „Yeah!" Rache ist süß!

„Du kleines Miststück!", sagte Oma und lachte. „Warte, das zahl ich dir heim!" Sie würfelte eifrig und bekam beim dritten Mal wieder eine Sechs. Nicht zu fassen! „Na, dann sehe ich dich ja endlich mal auf der Bühne."

Ich zuckte mit den Schultern. „Wir treten aber nur für ein einziges Lied auf. Mika auch, aber seine Gruppe zieht wohl so richtige Kostüme an."

„Was für Kostüme denn?“

„Keine Ahnung“, sagte ich. „Bestimmt was Doofes.“

„Milla!“, rief Oma tadelnd.

„Na, ist doch wahr“, grummelte ich und schob meine letzte auf dem Spielfeld verbliebene Figur missmutig ein paar lumpige Felder nach vorn. „Ballett ist doch sowieso doof. Heititei und tütütü.“

„Milla!“ Aber Oma musste trotzdem grinsen. „Jeder hat seine Vorlieben, und dein Bruder tanzt nun mal gern Ballett. Das wollte er schon, seit er drei Jahre alt war. Ich seh ihn noch genau vor mir in seinem Tütü ...“

„Ja, Oma, ist ja schon gut. Ich jedenfalls tanze ganz vorn!“

„Na, das ist doch schon mal was. Und was für ein Kostüm ziehst du an?“

„Ich brauche keins, ich zieh Hip-Hop-Klamotten an, ein T-Shirt und Baggys.“

„Was? Beggis?“

„Baggys. Das sind so weite Jeans, die tief runterhängen“, erklärte ich geduldig. „Aber falls wir doch ein Kostüm brauchen sollten, dann nähst du es mir, oder?“, fragte ich hoffnungsvoll.

Oma schüttelte den Kopf. „Hach herrje, ich glaube, ich hab genug genäht im Leben. Außerdem kann ich das nicht mehr so gut mit meinen steifen Fingern. Los, sag: Auf Wiedersehen!“ Mit Schwung warf sie meine Figur erneut vom Brett und lachte vergnügt.

„Aber rauswerfen mit deinen steifen Fingern kannst du noch ganz gut“, sagte ich grimmig. Oma lachte.

„Ja, das geht noch. Und das werde ich auch bis an mein Lebensende können, das verspreche ich dir. So, weiter geht’s!“

Oma ist schon eine Nummer für sich, echt! Aber abgesehen davon, dass sie mich bei Mensch-ärgere-dich-nicht immer rauswirft, bin ich total froh, dass wir sie haben! Denn wenn man schon keine Mutter mehr zu Hause hat, dann ist es ja nur gerecht, wenn wenigstens die Oma in der Nähe wohnt.

Andere haben allerdings gar keine Oma. Also, keine Mutter, keine Oma und vielleicht auch noch nicht mal einen Vater. Insofern haben Mika und ich ja noch Glück.

Aber einen Hund, überlegte ich, nachdem ich mich nach meiner Niederlage von Oma verabschiedet hatte, einen Hund wollte ich auf jeden Fall. Wenigstens einen zum Ausleihen!

Und deshalb ging ich auch nicht gleich nach Hause, sondern lungerte ein bisschen bei uns an der Eckkneipe herum, die eigentlich immer geöffnet hat und vor der die Leute saßen und rauchten, die immer dasitzen und rauchen. Im Geschäft nebenan hatte die Nageltrulla gerade Kundschaft und war dabei, einer älteren Dame mit Dauerwelle die Fingernägel zu machen. Ich guckte eine Weile zu, aber dann sah sie hoch und mich böse an, und ich drehte mich weg und blickte mich auf der Straße um. Aber von Harry und seinem Frauchen war nichts zu sehen.

Seufzend betrachtete ich das Haus Nummer 28. Hinter den Fenstern regte sich nichts. Doch, da! Im obersten Stockwerk bewegte sich ein heller Schemen auf der Fensterbank!

„Hallo, du! Alles wieder gut?"

Ich fuhr herum. Vor mir stand tatsächlich Harrys Frauchen, allerdings ohne Harry. Dafür trug sie in jeder Hand eine prall gefüllte Plastiktüte.

„Hallo! Wo ist denn Harry?", fragte ich.

Sie deutete mit dem Kinn auf das Haus. „Drinnen. Ich musste einkaufen, da wollte ich ihn nicht draußen anbinden."

„Also nächstes Mal könnte ich das doch machen!"

„Was? Ihn anbinden?" Sie lachte und stellte ihre Tüten ab. Ein Bündel Mohrrüben guckte oben raus und daneben eine Flasche. Den Deckel darauf kannte ich. Giftcola.

„Nein!“, stotterte ich. „Ich meine, ich könnte auf ihn aufpassen. Mit ihm spazieren gehen. Also ... ich wollte sowieso ... kann ich ihn mir nicht mal ausleihen? Zum Spazierengehen? Ich kann ganz toll ... äh, ganz toll spazieren gehen! Mit Hunden!“

Harrys Frauchen blies sich eine dunkle Strähne aus der Stirn und musterte mich kritisch. „Hmm“, brummte sie, und ich konnte sehen, dass sie sich ein weiteres Lachen nur mühsam verkniff. „Wenn ich das jetzt richtig verstehe, dann möchtest du Harry gern mal ausführen, oder?“

Ich nickte so heftig, dass es in meinem Nacken knackste. „Genau!“

„Also, wenn ich ganz ehrlich bin“, sagte sie, „dann weiß ich nicht so recht, was ich sagen soll. Ich kenn dich ja gar nicht.“

„Aber du ... Sie können mich gern kennenlernen. Ich bin wirklich super zuverlässig, echt!“

Sie nickte nachdenklich. „Wie heißt du denn überhaupt?“

„Milla. Äh, Milla Blümel.“ Papa hatte mir so oft eingebläut, dass man sich mit Vor- und Zunamen vorzustellen hatte, dass es wohl endlich mal gefruchtet hatte.

„Ich bin Nurit. Und wie alt bist du, Milla?“

„Zwölf. Na ja … fast zwölf! In drei Wochen werde ich zwölf."

Hinter ihr auf der Straße gingen die beiden Hoffmann-Brüder aus dem Nachbarhaus vorbei und guckten neugierig zu uns rüber. Ich hatte Lust, ihnen die Zunge rauszustrecken, aber das ging jetzt natürlich schlecht. Schließlich wollte ich ja einen guten Eindruck machen.

„Hmm", brummte Nurit. „Tja, weißt du …" Ich versuchte, sie möglichst klug und zuverlässig anzugucken, während sie die Stirn in Falten legte und nachdachte. „Also, ich … mir ist nicht so wohl dabei, dich allein mit Harry loszuschicken."

„Ich kann auch mit meinem Bruder zusammen gehen!", rief ich. „Ich hab einen großen Bruder, der ist auch total zuverlässig. Und voll tierlieb." Das Letzte stimmte jedenfalls, und das Erste im Grunde auch. Immerhin war Mika acht Minuten älter als ich!

Nurit seufzte. „Ich finde, du – oder ihr – müsst Harry erst mal ein bisschen kennenlernen und er euch auch. Frag doch vorher deine Eltern, ob ihr das überhaupt dürft, und dann könnt ihr ja mal vorbeikommen." Sie nahm ihre Tüten wieder hoch. „Ich wohne hier in der Nummer 28, Vorderhaus, vierter Stock. So, jetzt muss ich aber los, Harry wartet. Guck mal, da oben." Sie zeigte die Fassade empor. Der helle Schemen im vierten Stock war immer noch zu sehen, jetzt sogar deutlich. Es war tatsächlich Harry, der seine kleine Schnauze an die Fensterscheibe drückte.

„Tschüss, du!“ Sie lächelte mir zu und ging zum Hauseingang hinüber.

„Tschüss!“, rief ich ihr hinterher, noch gerade rechtzeitig, bevor die Tür ins Schloss fiel. Dann guckte ich noch mal zu Harry hoch. Aber er war nicht mehr zu sehen.

Zufrieden steckte ich die Hände in die Hosentaschen und ging langsam zu unserem Haus hinüber. Jetzt müsste ich nur noch Mika überzeugen!

Mika war schon zu Hause und hatte schlechte Laune. Das sah ich gleich, als ich in unser Zimmer kam und ihn dabei entdeckte, wie er an seinem Schreibtisch saß und grimmig aus dem Fenster starrte, die Kopfhörer auf den Ohren.

„Hallo!“, rief ich und wischte vor seinen Augen in der Luft herum. Mika sah mich böse an.

„Was?“, schrie er.

Ich hob eine Seite seines Kopfhörers an. „Hey! Was ist denn los? Ist beim Spagat deine Hose gerissen?“

„Haha“, machte Mika, aber er schaltete die Musik aus. „Du bist ja sooo lustig, Milla, das ist ja kaum auszuhalten.“

Ich setzte mich neben ihn auf die Tischplatte und ließ die Beine baumeln. „Dafür bist du ja sooo frustig, das ist ja kaum auszuhalten. Was'n los?“

„Ach.“ Mika seufzte und legte seinen Kopfhörer vor sich auf den Tisch, genau auf seine Ballettklamotten. „Ich habe heute einen totalen Anschiss gekriegt, weil ich mein Trikot vergessen hatte.“

„Schon wieder?“

Mika starrte mich wütend an. „Ja, schon wieder! Und dann hab ich auch noch dreimal gepatzt.“

„Ist doch nicht so schlimm“, sagte ich und schlenkerte mit den Beinen. „Passiert doch jedem mal. Ich bin heute auch zu spät gekommen. Und musste tausend Liegestützen machen, zur Strafe!“

„Wie, echt? Tausend?“ Mika machte große Augen.

„Na ja, nicht ganz tausend. Aber viele!“

Mika sah mich prüfend an, dann fiel ihm sein Kummer wieder ein, denn er stöhnte. „Aber das Schlimmste ist, dass ich deshalb jetzt die doofste Rolle von allen bekommen habe für das Lied, das wir am Tag der offenen Tür aufführen.“ Er verzog das Gesicht und stöhnte noch mal.

„Was denn für eine Rolle?"

„Das willst du gar nicht wissen", sagte Mika und starrte unglücklich vor sich hin.

„Doch! Sag schon!"

Mika hob den Blick. So deprimiert hatte ich ihn echt noch nie gesehen. Noch nicht mal, als Papa ihm ein für alle Mal verboten hatte, *Dance Academy* zu sehen. Weil Mika beim Mittanzen in die Vase gekracht war, die Papa Mama zum ersten Hochzeitstag geschenkt hatte.

„Los, sag schon! So schlimm kann es gar nicht sein. Damals beim Krippenspiel, da hast du ein Lamm gespielt, das war übel. Und so übel kann es nicht sein", versuchte ich ihn aufzumuntern.

„Doch", sagte Mika düster. „Übler."

„Noch übler?", fragte ich alarmiert.

„Ja. Diesmal soll ich ein Schaf sein."

Ich konnte wirklich nichts dafür, aber ich prustete los! Schnell schlug ich mir die Hand vor den Mund, aber Mika starrte mich böse an.

„Iiih, bist du gefühllos", knurrte er.

„Nein, nein!", rief ich und beherrschte mich. „So schlimm ist das doch auch wieder nicht. Schafe sind voll süß! Und ... äh ..."

„Schon gut, kannste dir sparen", sagte Mika frustriert

und stützte den Kopf in die Hände. „Ein Schaf! Voll peinlich!"

„Quatsch!", tröstete ich ihn. „Du wirst das beste, supertollste Schaf aller Zeiten!"

„Haha!"

„Doch! Schafe sind total genial! Und erst recht tanzende Schafe!" Ich hüpfte vom Tisch und sprang in wilden Bocksprüngen durchs Zimmer. „Mäh! Mäh! Guck, voll cool!"

„Oh Mann, Milla!" Mika verdrehte die Augen. „So eiert man vielleicht beim Hip-Hop rum, aber nicht beim Ballett. Ballett hat was mit Eleganz und Körperkontrolle zu tun."

„Ach, auch als Schaf?" Ich grinste.

Mika lächelte ein bisschen. „Auch als Schaf."

„Und was hast du für ein Kostüm?"

„Weiß ich noch nicht. Besprechen wir beim nächsten Mal."

Jetzt sah ich meine Chance gekommen. Ich ging zu ihm rüber und legte meinem armen Zwillingsbruder den Arm um die Schultern. „Hey, das kriegst du bestimmt super hin. Und ... weißt du was? Ich helfe dir von jetzt an, deine Klamotten zu packen. Dann kriegst du beim nächsten Mal bestimmt eine viel bessere Rolle."

Mika sah mich an. „Du willst mir helfen? Freiwillig?", fragte er misstrauisch.

Ich nickte feierlich. „Ja, ganz freiwillig! Aber du könntest vielleicht – also ganz freiwillig – mir auch einen klitzekleinen Gefallen tun."

Mika seufzte und strich sich die Haare hinter die Ohren. „War ja klar!"

„Nein, nein! Das findest du auch gut. Denn wir können zusammen einen Hund ausführen."

„Hä? Was für einen Hund?"

„Einen voll süßen Hund!" Ich erzählte ihm schnell von Harry und Nurit, und seine Miene hellte sich ein wenig auf.

„Ein Hund ... Aber dann müssen wir immer zusammen gehen, oder wie? Du willst doch bestimmt jeden Tag. Und da hab ich garantiert keine Lust zu."

„Ach Quatsch!", winkte ich ab. „Nur ab und zu mal. Gehst du also mit mir hin? Morgen? Nach der Schule? Ja? Bitte, Mika! Abgemacht?"

Mika seufzte. Und dann seufzte er noch mal. Und dann lächelte er. „Na gut", sagte er. „Deal!"

3

LIEBE ODER FREUNDSCHAFT

Am nächsten Morgen war Papa schwer in Eile, als wir in die Küche kamen. „Oh man, heute ist superviel zu tun!“, rief er und stürzte seinen Kaffee so schnell hinunter, dass er sich fast verschluckte. „Ich muss sofort los, gleich zwei Kolleginnen haben sich krankgemeldet!“

„Papa, du wolltest doch den Kaffee nicht immer so schnell trinken“, sagt Mika, setzte sich an den Tisch und zog das Müsli zu sich heran. „Denk an deinen Magen!“

„Jaja!“ Papa stellte seinen Becher in den Geschirrspüler und warf sich seine Jacke über. „Die Kaffeepause muss heute leider ausfallen, Kinder. Kommt ihr stattdessen mal kurz in der Apotheke vorbei? Und könntet ihr einkaufen? Ich schaff es heute nicht. Der Zettel liegt ...“

Papa sah sich mit gerunzelter Stirn um und verhedderte sich in seinem Jackenärmel. „Wo liegt er denn nur?"

„Hier." Ich fischte den Einkaufszettel vom Tisch. „Ist ja eine ganz schön lange Liste."

„Wir haben ja auch ganz schön lange nicht eingekauft!"

„Wir schon. Aber du nicht, Papa. Die letzten beiden Male waren wir auch schon dran", sagte Mika.

Papa seufzte, fuhr sich über sein raspelkurz geschnittenes Haar. „Jaja, macht mich nur fertig! Ich danke euch aber ganz herzlich, ihr seid toll und überhaupt die besten Kinder, die es gibt. Und wenn ihr jetzt noch mal einkauft, dann macht ihr euren schwer arbeitenden Vater wirklich glücklich. Also, bis nachher!" Er wuschelte Mika über den Kopf, drückte mir einen Kuss auf die Wange und lief zur Tür. „Geld ist in der Kasse", rief er, und dann klappte die Tür auch schon hinter ihm zu.

Mika verdrehte die Augen. „Mann, Papa ist echt 'ne Gurke. Zeig mal, was steht denn drauf?"

Ich schob ihm die Liste rüber und füllte mir selbst Müsli in meine Schale. Dann goss ich einen ordentlichen Schwung Hafermilch drüber. „Hauptsächlich Zeug zum Backen", sagte ich, und Mika nickte.

„Ja, genau, Dinkelmehl und so und lauter gesundes Zeug, aber sonst nichts Vernünftiges. Nudeln, Ketchup,

Schokolade und Cola hat er zum Beispiel nicht aufgeschrieben!"

„Eigentlich doch gut, dass wir einkaufen sollen", sagte ich, und Mika grinste und schob seine leere Schüssel weg.

„Ja, eigentlich super. Komm, wir müssen los."

Der Weg zur Schule dauerte nicht lange, und Mika und ich waren superpünktlich am Schultor. Das war gerade verstopft, weil alle ganz Kleinen gleichzeitig versuchten, sich hindurchzudrängeln, und wir traten großmütig zur Seite, um sie vorbeizulassen.

„He, Mika!" Einer aus Mikas Klasse lief winkend an uns vorbei und Mika winkte zurück.

Dahinter kam Jette. „Hi, Milla. Hast du Deutsch? Den Text, meine ich?" Sie blieb bei uns stehen.

„Oh mist!" Ich schlug mir an die Stirn. „Deutsch! Hab ich total vergessen. Worüber sollten wir noch mal schreiben?"

Jette lachte und blies sich eine blonde Strähne aus der Stirn. „Na, über ein selbst ausgesuchtes Thema. Aber es muss was mit Liebe zu tun haben. Oder Freundschaft." Sie nahm ihren Rucksack ab. „Kommt ihr mit rein oder wartet ihr noch auf wen?"

„Nö“, sagte ich. „Wir ...“ Da fiel mein Blick auf Mika und ich hielt inne. „Äh ...“, sagte ich. „Ich komme gleich nach, ja?“

Jette nickte. „Klar. Bis gleich.“ Sie nickte Mika zu und ging durch das Tor, das sich mittlerweile geleert hatte.

Ich guckte Mika wieder an. Er sah irgendwie komisch aus, knallrot, und so, als wäre er gerade hundert Meter gerannt und jetzt völlig außer Atem. „Mika? Hallo? Alles in Ordnung?“

Mika starrte Jette hinterher, aber er antwortete nicht.

„He, hallo, Mika!“

Langsam drehte er den Kopf und sah mich an. „Hä?“

Ich wischte vor seinen Augen hin und her. „Huhu, Mika, bist du da drinnen?“

„Scherzkeks“, murmelte er und kratzte sich am Kopf.

„Was ist denn los mit dir?“, fragte ich. „Hast du ein Gespenst gesehen oder was?“

Mika zog die Stirn kraus. „Nee“, sagte er. „Nee, gar nicht.“ Er sah zum Schultor hinüber und holte tief Luft. „Wer war das noch mal?“

„Na, Jette, aus meiner Klasse.“

„Und wie ist die so?“, fragte er und strich sich eine Haarsträhne hinters Ohr.

„Jette? Die ist okay. Wieso?“, fragte ich und knuffte

ihn in den Bauch. „Bist du verliebt in die oder was?“ Ich kicherte, aber Mika kicherte nicht mit. Stattdessen stand er stumm da und knetete an seinem Rucksackgurt rum, und da kam mir die Erleuchtung. „Du spinnst. Machst du jetzt etwa einen auf Liebe?“

Zwei Fünftklässlerinnen, die gerade an uns vorbeiliefen, sahen Mika verstohlen an und kicherten, und Mika lief schon wieder rot an.

„Quatsch! Blödsinn! So ein Quark!“, rief er. „Auf gar keinen Fall! Du spinnst ja! Und überhaupt, ich muss jetzt los.“ Und schon stapfte er davon.

„Na dann, bis nachher“, rief ich ihm nach. „Um vier am Schultor, ja?“

Im Deutschunterricht guckte ich mir Jette noch mal richtig an. Sie sah so aus, wie sie immer aussah: blond eben, mit grauen Augen, und wie meistens quatschte sie die ganze Zeit über mit Zoe, ihrer Banknachbarin.

Was Mika wohl plötzlich an ihr aufgefallen war? Vielleicht das Muttermal rechts über ihrer Lippe? Komisch.

Ich schüttelte den Kopf, und Frau Brinkmann, unsere Deutschlehrerin, sah mich streng an. „Milla? Wie wäre es, wenn du deinen Text jetzt mal vorliest. Was für ein Thema hast du denn gewählt?“

Die anderen guckten mich alle an, und ich merkte, dass ich rot anlief. „Äh ... ich hab ... also, ich bin noch nicht ganz fertig geworden“, stotterte ich.

Frau Brinkmann runzelte die Stirn. „Ach nein? Und wieso nicht, wenn ich fragen darf?“

„Ich musste ... ich hatte ... mein Bruder hatte gestern ein schlimmes Problem, da musste ich ihm helfen. Und dann war es schon zu spät. Aber ich kann ihn morgen gleich vorlesen. Morgen hab ich ihn fertig.“

Ilkay neben mir kicherte und ein paar von den anderen mussten auch lachen. Frau Brinkmann verschränkte die Arme vor der Brust.

„Morgen, ja? Morgen ist allerdings Samstag, da kannst du deinen Text schlecht vorlesen, denn dann ist niemand hier.“ Jetzt kicherte die gesamte Klasse, aber das war mir egal. Ich musste fast selbst kichern. „Nun gut, dann will ich mal Gnade vor Recht ergehen lassen“, sagte Frau Brinkmann und betastete ihren winzigen Dutt. „Dann liest du deinen Text also gleich am Montag vor. Ich bin gespannt. Wer möchte stattdessen vorlesen? Ilkay, du vielleicht?“

Jetzt kicherte Ilkay nicht mehr. „Muss ich?“, fragte er.

Frau Brinkmann nickte und die Letzten hörten jetzt auf zu lachen. „Bitte sehr, der Herr!“

Ilkay schlug sein Heft auf. „Also“, sagte er mit einer ganz komischen, viel zu hohen Stimme. „Ich liebe Fußball. Also, das ist die Überschrift!“

„Der Text sollte von Liebe oder Freundschaft handeln, Ilkay“, sagte Frau Brinkmann seufzend.

„Ja, aber ich liebe doch Fußball!“, sagte Ilkay. „Mann, was lacht ihr da denn alle so doof?“

Ich lehnte mich zurück und hörte zu, wie Ilkay stockend anfing, seinen schrecklich langweiligen Text vorzulesen. Aber eins war doch gut daran: Wenn Ilkay über Fußball schrieb, dann konnte ich ja auch über Hunde schreiben. Die liebte ich ja auch.

Mika lehnte schon am Schultor, als ich um vier runterkam. „Na?“, fragte er und sah suchend an mir vorbei.

„Wenn du Jette suchst, die ist noch oben“, sagte ich, und Mika knuffte mich in die Seite.

„Boah, bist du blöd!“

„Hey Mika. Was hattest du denn gestern für ein Problem?“, rief Ilkay im Vorbeirennen, und Mika starrte ihm verdutzt hinterher.

„Hä?“

„Ach, vergiss es!“ Ich winkte ab. „Lass uns lieber gehen.“ Und damit lief ich los.

Mika setzte hinter mir her. „Was rennst du denn so?"

„Ich hab es halt eilig", rief ich über die Schulter zurück. „Nun komm schon."

Eine gute halbe Stunde später trotteten wir mit unseren Einkäufen die kleine Vortreppe zur Apotheke hoch. Schon von draußen sah ich Papa, der mit einer Kundin ins Gespräch vertieft war. Zwei weitere Frauen warteten dahinter und Papas Kollege, Kaspar, bediente gerade einen weiteren Kunden. Mist, das konnte dauern!

Papa hob kurz den Kopf, lächelte uns an und deutete mit dem Daumen über seine Schulter nach hinten. „Bin gleich da! Geht so lange nach hinten, ja?"

Mika und ich stellten die Taschen mit unseren Einkäufen in den Aufenthaltsraum und füllten uns beide ein Wasserglas aus dem Automaten, dann setzten wir uns auf das kleine Sofa unterm Fenster.

„Was hat Ilkay da eben eigentlich gemeint?" Mika starrte mich misstrauisch an.

Ich zuckte mit den Schultern. „Na ja, ich hab gesagt, ich hätte meinen Aufsatz nicht fertig bekommen, weil ich dir bei einem Problem helfen musste."

„Spinnst du? Ich hab doch kein Problem", sagte Mika verärgert.

„Doch“, sagte ich. „Du bist in Jette verliebt!“

Mika verschluckte sich fast an seinem Wasser und lief puterrot an. „Bin ich nicht!“

„Na klar. Aber so was von“, neckte ich ihn.

„Bin ich nicht!“, fauchte Mika.

„Was bist du nicht?“, fragte Papa, der händereibend zur Tür hereinkam, aber gleich weiterredete. „Ich habe leider ü-ber-haupt keine Zeit, das tut mir leid. Aber so haben wir uns immerhin gesehen. Alles gut bei euch?“

Mika kniff die Lippen zusammen und nickte und ich nickte ebenfalls.

„Gut“, sagte Papa und beäugte die beiden Taschen mit den Einkäufen. „Lasst ruhig die Einkäufe stehen, ich bringe sie heute Abend mit. Kümmert ihr euch heute ums Abendessen?“

„Klar“, sagte ich, stand auf und nahm eine der Taschen hoch. „Nudeln mit Ketchup! Haben wir auch eingekauft, obwohl es nicht auf dem Zettel stand. Hattest du wohl vergessen.“

Papa seufzte, aber er gab sich geschlagen. „Na gut“, sagte er. „Ausnahmsweise. Bis später also.“ Er wuschelte mir übers Haar und drückte Mika, der das Gesicht verzog, einen Kuss auf die Wange, dann schob er uns aus der Tür. „Bis nachher. Seid brav!“

Mika schmollte ungefähr dreihundert Meter lang, aber dann kriegte er sich wieder ein, als ich ihn anlächelte.

„Ach Mika, sei nicht sauer. Ich mach es auch wieder gut. Versprochen."

„Hö, wie denn?", fragte Mika und betrachtete die Leute, die vor der Eckkneipe in der Sonne saßen und rauchten.

„Na, indem ich mal nachforsche, ob Jette einen Freund hat oder so", bot ich an.

„Pöh", sagte Mika. „Ist mir doch egal." Aber ich sah genau, dass er angebissen hatte.

„Und wie willst du ... also, wie würdest du das machen?", fragte er zwanzig Meter weiter.

„Na, das lass mal meine Sorge sein. Im Gegenzug könntest du mir ein bisschen bei meinem Aufsatz helfen. Der muss bis Montag fertig sein." Mika liebt Aufsätze und Geschichten, damit kann ich ihn immer gut ködern!

„Worum soll es gehen?"

„Um Liebe und Freundschaft", sagte ich. „Da bist du doch bald Fachmann!" Ich kicherte und wich Mika aus, der versuchte, nach mir zu schlagen. Dann blieb ich stehen. „Hier, da wohnen sie."

„Wer?", fragte Mika verdutzt.

„Na, Nurit und Harry. Der Hund, den wir ausführen wollen! Wir wollten doch da heute vorbeigehen."

Mika sah zum Haus, dann zu mir, dann wieder zum Haus. „Hast du eigentlich Papa gefragt?“

Ich ignorierte ihn und sah nach oben. Ha! Im vierten Stock war wieder der helle Schemen am Fenster zu sehen. Und diesmal konnte ich ihn auch erkennen. „Guck mal, da oben sitzt der Hund.“, sagte ich aufgeregt. „Das ist Harry. Der wartet schon auf uns.“

„Milla! Hast du Papa gefragt?“

„Mach ich noch“, sagte ich widerwillig und ging zum Eingang. Mist, Nurit hatte mir gar nicht ihren Nachnamen gesagt! Acht Klingelschilder gab es. Aber welche Klingel gehörte zu Nurit?

Ich zögerte, dann drückte ich auf eine Klingel, auf der „Özlem“ stand. Immerhin sah Nurit ein bisschen ausländisch aus. So ähnlich wie Ilkay, und dessen Eltern kamen ja aus der Türkei.

„Ja?“, blaffte eine tiefe Männerstimme aus der Sprechanlage. Ich wich zurück.

„Äh ... ist vielleicht Nurit da?“

„Wer?“, rief die Männerstimme.

„Nurit. Die ist neu eingezogen und wohnt mit ihrem Hund im vierten Stock“, sagte ich schnell.

„Ach die! Da musste bei Großmann klingeln.“ Zack! Er hatte den Hörer aufgeschmissen.

„Großmann" stand auf dem Klingelschild ganz oben. Als ich auf die Taste drückte, war gleich darauf Nurits Stimme zu hören. „Ja bitte?"

„Hallo Nurit, ich bin's, Milla!" Im Hintergrund hörte ich Harry bellen.

„Milla?", klang es fragend aus der Sprechanlage, und Mika runzelte die Stirn.

„Ja, Milla Blümel. Ich wollte doch Harry mal ausführen. Mein Bruder ist auch dabei. Können wir raufkommen?"

Harry bellte erneut. „Still, Harry!", wies Nurit ihn zurecht. „Ach, Milla, tut mir leid, das passt gerade gar nicht. Wie wäre es denn am Sonntag?"

Mika und ich wechselten einen Blick. Sonntags gehen wir immer mittags mit Papa zu Oma, aber wir würden schon eine Möglichkeit finden, danach einen Abstecher zu Nurit zu machen. „Ja klar, wann denn?", fragte ich.

„Gegen fünf?"

„Okay", sagte ich. „Dann bis Sonntag."

„Bis Sonntag", rief Nurit. Wir hörten Harry noch einmal kläffen, dann knackte es in der Gegensprechanlage, und alles war still.

„Tja, also dann am Sonntag", sagte Mika und steckte die Fäuste in die Hosentaschen. „Jetzt musst du nur noch Papa fragen, ob wir überhaupt dürfen."

„Papa, Papa! Der hat bestimmt nichts dagegen. Warum auch?“

„Hm“, sagte Mika zweifelnd und hob eine Braue. Aber ich sah ihn einfach nicht mehr an. Denn wenn man nicht hinguckt, dann sieht man eben auch keine hochgezogenen Brauen, basta!

4

SENFEIER UND SCHNEIDERPUPPE

Oh, lecker, Oma!“, sagte Mika und rieb sich den Bauch.

„Ja wirklich“, rief ich. „Megalecker!“

„Meine Güte!“ Oma verdrehte die Augen und lächelte dennoch erfreut. „Ihr tut ja so, als wären meine Senfeier das siebte Weltwunder!“

„Das achte“, sagte Papa und lehnte sich zufrieden zurück, um die Hände über dem Bauch zu falten. „Und dafür würde ich fast einen Antrag stellen.“

„Wieso das achte?“ Oma stellte die Teller aufeinander und schob sie vor Mika hin. „Sei mal so lieb, Jungchen, und stell das in die Spüle.“

„Na, sieben gibt es ja schon“, erklärte Papa. „Die sieben Weltwunder der Antike: die Hängenden Gärten der Semiramis, der Koloss von Rhodos ...“

„Ja, Papa“, unterbrach ich ihn. „Die Pyramiden von Giseh und so weiter. Das wissen wir schon.“

Papa zog die Nase kraus. „Man kann solche Dinge gar nicht oft genug wiederholen“, sagte er leicht beleidigt. Dann streckte er die Beine aus. „Und jetzt?“

„Wollen wir was spielen?“ Omas Augen funkelten vergnügt. „Ihr habt die Wahl: Phase 10, Mensch-ärgere-dich-nicht oder ...“

„Malefiz“, rief Mika und holte unaufgefordert das Malefizspiel aus dem Schrank. „Papa, spielst du mit?“

„Nö.“ Papa winkte ab. „Ich entspanne lieber ein bisschen.“ Er schloss behaglich die Augen.

Ich rückte meinen Stuhl dichter an den Tisch heran und sah zur Uhr über dem Fenster. Schon halb vier durch! „Ich fang an“, sagte ich hastig und nahm den Würfel auf.

„Nanu, so eilig?“ Oma warf mir einen verwunderten Blick zu, aber dann nahm das Spiel sie auch schon gefangen. „Los jetzt, gib her. Dich werfe ich gleich wieder raus.“

Eine gute Stunde später döste Papa immer noch vor sich hin und wir anderen waren alle drei weit davon entfernt, unsere Figur ins Zielfeld zu bringen. Ich schaute mehrmals unruhig zur Uhr hinauf, so lange, bis es Oma schließlich auffiel.

„Was ist denn, Milla? Hast du noch was vor oder warum guckst du die ganze Zeit zur Uhr?“, fragte sie und warf meine mühsam hochgesetzte Figur wieder heraus.

„Nein ... ich ...“ Mika sah mich vorsichtig an, und ich bemühte mich, schön locker zu wirken. „Ich muss später noch was für die Schule machen ...“

„Ach stimmt, dein Deutschaufsatz!“ Mika hob die Brauen. „Oder hast du den schon?“

Mir fiel fast der Würfel aus der Hand. Der Deutschaufsatz! Den hatte ich schon wieder komplett vergessen! „Oh nein“, rief ich entsetzt. Ausgerechnet heute, wo wir das erste Mal mit Harry rausgehen wollten! Ich sah Mika Hilfe suchend an. „Hilfst du mir nachher dabei?“

Mika nickte. „Klar, hab ich doch versprochen“, sagte er und würfelte.

„Worüber sollst du schreiben?“, erkundigte sich Oma.

„Über Liebe und Freundschaft“, sagte Mika trocken und warf meine letzte Figur raus. „Das sind für Milla ja echt schwierige Themen. So was kennt sie nur aus Filmen.“ Er grinste mir zu.

„Mika!“, rief Oma und zog ihn am Ohr. „Wie redest du denn über deine Schwester!“

Mika grinste bloß weiter und warf ein weißes Klötzchen mit Schwung vom Spielfeld.

„Haderlump!“, rief Oma und würfelte so schnell sie konnte. „Ha, eine Sechs!“

„Sagt mal, Kinder“, meldete Papa sich zu Wort. „Ihr habt doch in zwei Wochen Geburtstag. Was wünscht ihr euch eigentlich?“

„Einen Hund“, sagte ich rasch und nahm den Würfel von Oma entgegen.

Papa verdrehte die Augen. „Und sonst noch?“

Mika und ich sahen uns an. „In den Kletterpark“, sagte Mika, und ich nickte. „Ja, Papa, endlich in den Kletterpark. Das hast du schon so lange versprochen!“

Papa stöhnte. „Aber da mache ich mich doch bloß zum Affen.“

„Na und, ist doch egal“, sagte Mika, und ich fügte hinzu: „Und wenn, dann zu unserem Privataffen!“

Oma sah von einem zum anderen. „Da komme ich auch mit“, sagte sie zufrieden. „Das will ich auch mal erleben!“

„Aber Mutter“, protestierte Papa. „Das ist doch viel zu ... gefährlich!“

„Ach was. Ist es gar nicht. Da ist man mit Seilen gesichert, das hab ich im Fernsehen gesehen“, sagte Oma energisch. „Oder denkst du, alte Leute können nicht mehr klettern?“

„Äh … nein, aber …“, stotterte Papa, doch Oma ließ ihn nicht ausreden.

„Und ob ich das kann! Nur runterfallen darf ich nicht, sonst breche ich mir alle Knochen.“

„Eben“, sagte Papa matt.

„Oma bekommt das schon hin“, sagte Mika. „Und wir helfen ihr ja schließlich auch. Und bestimmt kann sie besser klettern als du.“

„Dazu gehört ja nicht viel“, grummelte Papa und seufzte. „Na gut, aber auf deine eigene Verantwortung, Mutter.“

„Klar“, sagte Oma und warf das letzte Klötzchen vorm Ziel raus. „Schließlich bin ich ja das Familienoberhaupt hier und nicht du, lieber Sohn.“

Mika würfelte, setzte seine Figur lässig an Omas vorbei und direkt ins Ziel. „Yeah!“, brüllte er. „Gewonnen!“

„Also so was“, murrte Oma und zählte stirnrunzelnd seine Spielfelder nach. „Tatsächlich, er hat gewonnen. Ach herrje! Jetzt muss ich aber mal für kleine Mädchen.“ Sie stand auf und ging in den Flur.

Ich schob meine Figuren vom Brett und sah wieder zur Uhr. Dann warf ich Mika einen Hilfe suchenden Blick zu.

Mika deutete mit dem Kopf zu Papa, und ich zögerte kurz. Dann holte ich tief Luft. „Du, Papa?“

„Was denn?“ Papa hatte soeben wieder behaglich die Augen geschlossen.

„Wenn ich schon keinen Hund haben kann, dann dürfte ich aber bestimmt einen ab und zu spazieren führen. Wenn er ganz lieb wäre!“

Papa zuckte mit den Schultern. „Na, das käme ganz darauf an“, sagte er. „Das müsste man im Einzelfall sehen.“ Seine Stimme klang schon ganz schläfrig.

Eigentlich klang das wie eine Erlaubnis, fand ich. Jedenfalls halb. Und immerhin hatte ich jetzt gefragt! Ich sah wieder zu Mika und machte ein fragendes Gesicht. Mika mag ja manchmal ein Doofkopp sein, aber diesmal begriff er sofort. „Du, Milla, wenn ich dir helfen soll, müssten wir aber bald los, denn ich hab auch noch was für die Schule zu machen.“ Er zwinkerte mir zu.

Also manchmal könnte ich ihn ja echt küssen! „Ja, okay“, sagte ich. „Meinetwegen können wir los.“

Papa riss die Augen wieder auf und sah uns verwundert an. „Wie, ihr wollt schon los?“

„Was?“, fragte Oma verwundert, die gerade wieder hereinkam. „Aber wir haben doch erst eine Runde gespielt!“

„Papa spielt jetzt mal mit dir“, sagte Mika. „Komm, Papa!“ Er reichte ihm seine Figuren, sprang auf und küsste Oma zum Abschied auf die Wange, genau wie ich.

Ich gab Papa auch einen Kuss, weil er so verdutzt aussah. Und schon waren wir draußen.

Diesmal drückte Nurit gleich auf den Summer, nachdem ich geklingelt hatte, und Mika und ich sprangen eilig die Treppen hinauf. Im zweiten Stock ging gerade die Tür auf und ein rundlicher Mann mit dunklem Haar und einer Gebetskette in der Hand kam heraus.

„Guten Tag“, rief ich und auch Mika grüßte freundlich.

„Tachchen“, brummte der Mann und sah uns kopfschüttelnd nach. „Ich dachte, hier trampelt eine Horde Elefanten herum!“

Nurit stand an der Tür und sah uns lächelnd entgegen, und Harry, der zwischen ihren Beinen stand, kläffte erfreut auf, als er uns entdeckte. Wedelnd umringte er mich und ich streichelte ihn ausgiebig, bevor ich Nurit die Hand gab. „Und das ist mein Bruder Mika“, sagte ich. Mika gab Nurit ebenfalls die Hand und bückte sich dann wieder zu Harry, der sich nun an seine Beine drückte.

„Kommt rein.“ Nurit winkte uns herein und zog die Tür hinter uns zu.

Die Wohnung gefiel mir auf Anhieb. Sie war etwas kleiner als unsere – wir hatten drei Zimmer, aber Nurit nur zwei, das konnte man sofort sehen, weil alle Türen offen standen –, aber total cool eingerichtet. Ihr Wohnzimmer war ziemlich groß. Die Wände waren in verschiedenen hellen Farben gestrichen, vor den Fenstern hingen lange Vorhänge und überall standen bunt durcheinandergewürfelte Möbel, Kisten und seltsames Zeug herum: eine Schneiderpuppe, die eine Art Ritterkostüm aus Stoff trug, ein großes Schaukelpferd und ein seltsames Gerät, das so ähnlich wie eine Harfe aussah.

„Das ist mein Webrahmen“, bemerkte Nurit, als sie meinen neugierigen Blick sah, „ich versuche mich gerade an einem Wandteppich. Aber da muss ich noch eifrig üben.“ Sie zog lächelnd an einem Strang Wollfäden, der vom Rahmen auf den Boden hing, dann wies sie auf ein großes Sofa, auf dem diverse Kleidungsstücke gestapelt lagen. „Setzt euch doch. Wollt ihr etwas trinken?“

„Ja, gerne“, sagte ich, obwohl ich gar keinen Durst hatte. Aber ich fand die Wohnung so cool, dass ich sie mir gern noch ein bisschen länger ansehen wollte.

Mika und ich setzten uns nebeneinander in die Mitte des Sofas, die einzige Stelle, wo noch Platz war. Harry hüpfte zwischen uns, leckte uns beiden mit seiner langen Hundezunge einmal quer über die Wange und ließ sich mit einem behaglichen Seufzer nieder.

Mika grinste. „Mann, ist das eng hier“, sagte er und zupfte Harry zärtlich am Ohr. „Du bist echt süß!“

„Hab ich ja gesagt“, erklärte ich und sah mich weiter um. Dass Nurit gerade erst eingezogen war, konnte man kaum übersehen. Die Wohnung sah noch lange nicht fertig eingerichtet aus, aber das gefiel mir sogar besonders gut daran. Bei uns ist es immer ziemlich ordentlich, was allerdings weniger an Mika und mir liegt.

„Hier. Ich hatte tatsächlich noch eine Flasche Cola. Das mögt ihr doch sicher, oder?“ Nurit kam mit zwei Gläsern wieder herein. Mika und ich griffen schnell zu, sahen uns verstohlen grinsend an und tranken. Cola! Pures Gift! Wenn Papa das wüsste. Nurit konnte wohl nicht allzu viel Ahnung von Kindererziehung haben, das war mal klar. „Oder dürft ihr das nicht?“, fragte sie plötzlich nach.

„Doch, doch“, rief ich, und Mika nickte eifrig und trank sein Glas lieber mal gleich leer.

Nurit schob einen Stapel Kleider von einem geblümten Sessel, setzte sich hin und stützte das Kinn in die Hände. „So, und ihr habt also eure Eltern gefragt und die sind einverstanden, dass ihr Harry mal probehalber ausführt?“

Leider hatte ich mein Glas noch nicht leer und verschluckte mich. Mika klopfte mir auf den Rücken und lächelte Nurit an. „Milla hat Papa gefragt“, sagte er.

„Ach? Und eure Mutter? Oder entscheidet euer Vater so etwas allein?“, fragte Nurit interessiert.

„Ja, muss er ja. Unsere Mutter ist weg. Also, die ist weggegangen, als wir noch ganz klein waren“, sagte Mika.

„Säuglinge“, setzte ich hinzu und streichelte Harry über den Kopf. Der wiederum versuchte, mir über den Mund zu lecken, und das kitzelte so, dass ich lachen musste.

„Harry. Hör auf!“, sagte Nurit streng, und Harry sah sie treuherzig an. Seine Ohren hingen sehr niedlich an der Seite runter, aber als ich das rechte vorsichtig streicheln wollte, leckte er mir gleich wieder über die Wange.

Nurit seufzte. „Hm“, sagte sie. „Na dann ... also ist euer Vater einverstanden. Das ist ja schon mal gut.“ Das hatte Mika zwar so nicht gesagt, aber weder er noch ich widersprachen ihr. „Und du bist also der große Bruder von Milla? Ihr seht euch aber wirklich sehr ähnlich, ihr beiden. Wie viel älter bist du denn?“

Mika rutschte unruhig nach hinten. „Äh, ich bin ... also, acht Minuten“, sagte er.

Nurit sah mich fragend an. Ich lächelte verlegen und streichelte schnell Harrys anderes Ohr. „Soso, acht Minuten“, sagte sie und lächelte ein ganz klein bisschen.

Ich schaute ganz konzentriert auf Harrys weiches Fell. „Du bist ja so still heute, Milla?“, erkundigte sie sich.

„Hm“, machte ich. Harry drückte seinen Kopf an meinen Arm und versuchte sich zwischen uns auf den Rücken zu drehen, aber dafür war nicht genug Platz. Mika und ich mussten beide kichern.

„Nun“, sagte Nurit. „Also, wie ich das sehe, kommt ihr gut mit Harry klar. Jedenfalls in der Wohnung. Vielleicht halten wir es so, dass ihr mal eine kleine Runde jetzt mit ihm dreht, so ...“, sie sah auf ihre Armbanduhr, „... eine Viertelstunde, dann kommt ihr zurück und dann besprechen wir alles Weitere. Okay?“

„Super“, rief ich und sprang auf. Harry hüpfte mir hinterher und an mir hoch, aber Mika blieb sitzen.

„Bist du Schneiderin von Beruf?“, fragte er höflich und betrachtete die Nähmaschine in der Ecke. Nurit lächelte.

„Nein, aber ich nähe gern. Und Berufe hab ich sogar zwei: Erst hab ich Friseurin gelernt und dann noch Physiotherapeutin. Da hab ich jetzt gerade meine erste Stelle angetreten, deshalb bin ich hergezogen. Wisst ihr, was das ist, Physiotherapeutin?“

„Klar. So was wie Krankengymnastin. Da muss man den Leuten den Rücken wieder einrenken oder sagen, wie sie machen müssen, dass es wieder besser wird, wenn sie sich irgendwas verrenkt haben und so", sagte Mika und stand ebenfalls auf.

Nurit sah ein bisschen verdutzt aus, aber sie nickte. „Genau", sagte sie. „Okay, dann seid ihr in einer Viertelstunde wieder hier, ja? Milla hat gesagt, du seist genauso zuverlässig wie sie, Mika."

„Ach?", sagte Mika und sah für einen kurzen Moment ebenfalls verwundert aus. „Ja, äh, das ... klar!"

Draußen stritten Mika und ich erst mal eine Weile darum, wer Harry zuerst an der Leine halten durfte, aber dann brachte Mika ein schlagendes Argument.

„Wenn ich vorhin nicht so schnell geschaltet hätte, dann säßen wir jetzt immer noch bei Oma. Also darf ich zuerst."

„Bitte schön", gab ich nach und überließ ihm die Leine. Harry zog ziemlich daran, und nach ein paar Metern zerrte er Mika quer über den Bürgersteig und hob das Bein an einer der Linden am Straßenrand. „Dafür hast du gelogen. Papa war ja gar nicht einverstanden, dass wir Harry ausführen."

„Hab ich ja auch nicht gesagt. Ich hab nur gesagt, du hättest Papa gefragt. Ich hab ja nicht gesagt, was genau du gefragt hast. Und auch nicht, was er geantwortet hat."

Harry zerrte Mika hechelnd weiter voran und Mika stolperte rasch hinterher.

An der Ecke kamen uns die beiden Hoffmann-Brüder, Kai und Ole, aus dem Nachbarhaus entgegen und starrten erst uns und dann Harry an. „He, führt dein Hund dich spazieren? Darfst du mal Gassi gehen?“, rief Kai, der Größere von beiden, und Ole lachte albern.

Mika kniff die Lippen zusammen, aber ich streckte Kai die Zunge raus. „Dafür darfst DU ja immer nur mit deinem kleinen Bruder zusammen raus!“, rief ich zurück und da glotzten beide doof aus der Wäsche.

„Du musst Papa aber noch richtig fragen“, stellte Mika fest, als Harry uns um die Ecke gezogen hatte.

„Mach ich auch noch. Aber ich dachte, wir testen erstmal, ob wir das überhaupt hinbekommen mit Harry. Und dann gucken wir mal!“

Mika und ich sahen Harry beide an, der in diesem Moment stehen blieb, umdrehte und Mika zurück zur Ecke zerrte. Dort schnüffelte er lang und breit an einem Stuhlbein, das zu den Stühlen vor der Kneipe gehörte. Es saß zwar keiner drauf, aber Mika zog Harry trotzdem schnell weiter, als der das Bein heben wollte.

„Jetzt bin ich aber dran“, sagte ich, und Mika übergab mir widerstrebend die Leine.

Eine Frau mit einem schneeweißen Königspudel kam uns entgegen, und Harry stemmte alle vier Beine in die Erde und wedelte heftig. Der Königspudel würdigte ihn keines Blickes, sondern trabte auf spitzen Pfötchen und mit erhobenem Kopf schnurstracks vorbei. Harry sah ihm verdutzt hinterher, dann kläffte er einmal auf, so laut und durchdringend, dass Mika und ich beide zusammenzuckten.

„Das hieß ‚Hey!'", erklärte ich.

Mika nickte. „‚Hey, bleib doch mal stehen!'", fügte er hinzu.

Harry zerrte an der Leine und kläffte noch einmal, gefolgt von einer Art Jaulen.

„Und das hieß ‚Du eingebildete Pfeife! Hau bloß ab!'", übersetzte ich. Mika grinste.

Harry scharrte mit den Pfoten und zog mich weiter, zur nächsten Ecke. Auch ich stolperte fast, so viel Kraft hatte er. Hätte ich ihm gar nicht zugetraut.

„Huch", rief ich, „Harry, nicht so schnell!" Mika kicherte, als Harry mich um die Ecke zog. Aber einen Moment später hörte er wieder damit auf.

Denn hinter der Ecke stand Jette und schloss gerade ihr Fahrrad auf. Harry schoss direkt auf sie zu und sprang heftig wedelnd an ihr hoch. Jette erschrak, aber dann fing sie an zu grinsen und streichelte Harry den Kopf.

„He, wer bist du denn?“ Sie sah hoch und entdeckte Mika und mich. „Hi, ist das euer Hund?“

Mika starrte sie bloß an. Ich kniete mich neben Harry. „Hi, Jette. Nee, das ist unser Nachbarshund. Den führen wir nur ab und zu aus.“ Hach, klang das cool!

„Toll!“, sagte Jette. „So was würde ich auch gern machen, aber bei uns wohnt nicht so ein süßer Hund im Haus. Bei uns haben alle nur Katzen. Ich liebe Hunde! Und der hier ist ja echt supersüß.“ Sie streichelte Harry erneut, der sich freudig an ihre Beine drückte, als würde er sie schon ewig kennen, dann sah sie mich wieder an. „Und? Hast du deinen Aufsatz fertig?“

„Äh, noch nicht ... aber ich mach ihn gleich noch. Mika hilft mir.“ Ich deutete auf Mika, aber der stand immer noch stocksteif und stumm hinter mir und versuchte, Jette nicht anzugucken.

Jette nickte. „Ist ja nett“, sagte sie. „So einen Bruder hätte ich auch gern. Aber meiner ist erst fünf und außerdem total nervig.“

„Ist Mika auch manchmal“, sagte ich. Jette grinste, aber Mika lachte natürlich nicht mit. Stattdessen lief er so rot an, als hätte er eine Chilischote verschluckt.

Jette lachte, dann stieg sie auf ihr Rad. „Na dann, ich muss los. Bis morgen.“ Sie winkte kurz und fuhr davon.

Ich stieß Mika in die Seite. „Mika, hallo, aufwachen!“

Mika seufzte, während er Jette schmachtend hinterherstarrte.

Harry wuffte. Ich sah zu ihm hinunter. „Das hieß jetzt ‚„Mika ist verliebt!‘“, glaube ich. Los, wir müssen zurück. Die Viertelstunde ist gleich um. Und? Was meinst du zu Harry?“

„Na, ist doch wohl klar. Aber du fragst Papa noch mal so richtig.“

„Feigling“, sagte ich und ließ mich von Harry davonziehen. Papa hatte bestimmt nichts dagegen. Hoffte ich jedenfalls schwer.

5

EIN HAARSCHNITT MIT FOLGEN

Am Montag fiel Deutsch aus, weil Frau Brinkmann sich krankgemeldet hatte, aber am nächsten Tag war sie wieder zurück, klatschte zu Beginn der ersten Stunde fröhlich in die Hände und richtete ihren strengen Blick auf mich. „So, Milla. Nun haben wir ja schon Dienstag und freuen uns sehr darauf, wie angekündigt deinen Aufsatz zum Thema ‚Liebe und Freundschaft' zu hören."

Ilkay neben mir kicherte, aber ich brachte ihn mit einem bösen Blick zum Schweigen. Dann schlug ich mein Heft auf und beugte mich darüber. Die Buchstaben tanzten ein wenig vor meinen Augen, aber es half ja nichts, ich musste sie vorlesen. „Meine Überschrift lautet: Hundeliebe." Ich räusperte mich verstohlen und betrachtete die erste Zeile. Mika hatte sich Sonntagabend noch mächtig ins Zeug gelegt, um mir zu helfen, aber so richtig überzeugt war ich nicht von meinem Text.

„Nun lies schon vor, Milla!“ Frau Brinkmann setzte sich in ihren Stuhl und lehnte sich erwartungsvoll zurück.

„Ich liebe Hunde“, las ich zögerlich vor. „Schon seit ich denken kann, liebe ich Hunde. Sie haben von Natur aus ein freundliches Wesen. Wenn Hunde nicht freundlich sind, so ist der Mensch daran schuld. Aber der Hund an sich ist lieb und jeder Einzelne ist auch unterschiedlich. Das sieht man schon daran, wie sie sich bewegen: Die einen tanzen durchs Leben ...“ Ein paar Lacher waren zu hören, die Frau Brinkmann mit einer unwirschen Geste unterband.

Hatte ich es doch gewusst! Wegen dieser Stelle hatte ich mich mit Mika gestritten; ich fand das voll kitschig, aber er hatte darauf bestanden, dass ich es so schreiben sollte.

„... die anderen hüpfen oder springen eher“, fuhr ich fort, „und manchmal stolpern sie auch. Genau wie der Mensch. Wenn der Mensch mit einem Hund Freundschaft schließt, gibt es für jeden einen passenden Gefährten.“ Wo hatte Mika denn eigentlich diesen altmodischen Ausdruck her? „Zu mir passt eher ein frecher, lustiger

Hund" – Mika hatte vorgeschlagen, dass ich noch dumm dazuschreiben sollte, aber ich hatte ihm einen Vogel gezeigt – „und zu meinem Bruder ein eher sanfter, eleganter Hund." Die Klasse brach in Gelächter aus. Frau Brinkmann wedelte wild mit beiden Händen herum, aber es gelang ihr nur mühsam, die anderen wieder zum Schweigen zu bringen.

„Ruhe!" Sie sah mich ein wenig verwundert an. „So, Milla, das ist ja schon mal ein vielversprechender Anfang. Vielleicht gibst du mir den Rest lieber zum Lesen, dann kann noch jemand anders vortragen."

Aufatmend klappte ich mein Heft zu und reichte es ihr hinüber, wobei ich Ilkay, der hämisch kicherte, unterm Tisch auf den Fuß trat.

„Aua", zischte er und starrte mich böse an.

„Ich bin nur gestolpert, wie in meinem Text", sagte ich lässig und lehnte mich zurück.

Frau Brinkmann las kurz in meinem Heft, sah ungläubig zu mir herüber und legte es aufs Pult. Dann rief sie Oskar auf.

Oskar stöhnte laut, dann klappte er sein Heft auf und beugte sich darüber. „Mein bester Freund ist mein Fußball", begann er, doch ein lauter Seufzer unterbrach ihn. Verwirrt sah er hoch.

Wir alle blickten nach vorn. Frau Brinkmann hatte eine Hand vor die Augen gelegt und schüttelte langsam den Kopf. „Ja“, sagte sie matt. „Lies bitte weiter, Oskar!“

Als wir in der großen Pause in den Hof runterliefen, war auf einmal Jette neben mir. „He, Milla! Das war aber ein cooler Text“, sagte sie und grinste mich an.

„Findest du?“, fragte ich misstrauisch.

„Zumindest der Anfang, also das, was ich gehört habe.“ Sie hob zwei Finger zum Schwur. „Ich schwöre! Hätte gar nicht gedacht, dass du solche Gedanken hast. Alle anderen haben doch nur über Fußball und ihre besten Freundinnen und so geschrieben, aber bei dir hat man richtig gemerkt, dass du dir Gedanken gemacht hast.“ Sie rückte näher an mich heran. „Aber übers Tanzen hättest du noch mehr schreiben können!“

„Hab ich auch“, sagte ich und hüpfte die letzte Treppenstufe hinunter. Unten an der Glastür stand Mika und ich winkte ihm zu. Er wollte eben die Hand heben, um zurückzuwinken, aber dann erstarrte er, als er Jette entdeckte.

„Ach echt, was denn so?“

„Na ja, über die verschiedenen Tanzarten und so. Dass ... also, dass manche Hunde eben so gehen, als ob sie Ballett tanzen" – darüber hatte ich mich mit Mika auch gestritten, aber er hatte mir versprochen, dass ich mindestens eine Zwei kriegen würde, wenn ich aufschrieb, was er mir vorsagte –, „und andere eben eher so wie Hip-Hop."

Inzwischen waren wir bei Mika angelangt und blieben stehen.

„Oh Gott, Ballett! Das ist ja nicht zum Aushalten!" Jette lachte und ihre blauen Augen blitzten. „Beinchen streck dich und tütütü! Das konnte ich noch nie leiden! Aber Hip-Hop finde ich echt ziemlich cool."

Mikas Gesicht fiel so richtig in sich zusammen und starrte zu Boden.

„Ach, Ballett ist doch auch nicht schlecht", sagte ich halbherzig. „Und das ist echt schwierig!"

„Aber so affig." Jette schüttelte den Kopf. „Also, die meisten Mädchen, die ich kenne, die Ballett tanzen, das sind so richtige Zicken. Und Hip-Hop tanzt ja sowieso keine."

Das konnte ich nun auch wieder nicht einfach so stehen lassen. „Doch, ich", sagte ich. Mika hatte angefangen, in seinen Hosentaschen zu kramen, und guckte immer noch nicht hoch.

„Echt? Du tanzt Hip-Hop? Das passt ja auch irgendwie“, sagte Jette bewundernd. „Und zu deiner Frisur passt das auch. Finde ich übrigens gut, dass du die so kurz trägst.“

„Na ja, deine sind auch nicht besonders lang“, sagte ich, und das stimmte ja auch. Meine Haare waren wirklich ziemlich kurz, und ich machte auch immer etwas Gel rein, damit sie ein bisschen abstanden. Aber Jettes Haare waren höchstens so lang wie mein Zeigefinger. Alle anderen Mädchen in unserer Klasse hatten längere Haare. Irgendwie war mir das aber vorher noch nie aufgefallen.

„Also, ich find lange Haare nicht so toll“, sagte Jette. „Tschüss, bis nachher!“ Sie lief hinaus, und Mika sah jetzt endgültig so aus, als würde er sich am liebsten in Luft auflösen.

„Hast du das gehört?“, flüsterte er. „Sie findet lange Haare doof!“

In diesem Moment rannten Ilkay und Oskar an uns vorbei. Ilkay trat in die Bremsen. „Oh, der elegante Mika“, schrie er vergnügt. „Bitte tanz doch mal vorbei! Und Milla, du spring und hüpfe doch mal!“

„Haut ab!“, rief ich genervt, aber zu spät. Mika blickte alarmiert hoch und sah Ilkay und Oskar verwirrt hinterher. Dann sah er mich an. Ich zuckte mit den Schultern.

„Na ja", sagte ich. „Ich musste den Aufsatz doch vorlesen, was sollte ich denn machen?"

Mika jammerte den ganzen Weg über bis nach Hause. „Ich darf auf keinen Fall sagen, dass ich Ballett tanze!", heulte er.

„Na ja, das ist ja nicht so schwer", sagte ich. „Du sagst doch sowieso nie einen Ton, wenn Jette in der Nähe ist!"

Mika warf mir einen bösen Blick zu, dann verzog er das Gesicht erneut zu einer weinerlichen Grimasse. „Das darf sie nie erfahren! Niemals! *Oh Gott, Ballett! Das ist ja nicht zum Aushalten!*", machte er Jette nach. Eine junge Frau, an der wir gerade vorbeikamen, sah ihn verwundert an, aber Mika bemerkte es nicht einmal. „Oh Mann! Wenn sie das erfährt, bin ich total unten durch!"

„Ach, Mika. So ein Quatsch. Wenn Jette dich tanzen sehen würde, dann wäre sie bestimmt total begeistert."

„Ja klar, von meinem Schafskostüm oder was?", sagte Mika säuerlich.

Ich musste grinsen. „Also, ich finde, du kannst ruhig dazu stehen, dass du Ballett tanzt. Außerdem fand Jette den Text total gut", versuchte ich, ihn zu trösten. „Und den hast du ja eigentlich geschrieben."

„Wirklich?“ Mika sah zweifelnd zu mir herüber. „Das fand sie?“

„Ja, echt! Sie fand ihn voll gefühlvoll und so. Also, mit tiefen Gedanken.“

Mika sah ein wenig besänftigt aus, aber dann schüttelte er wieder den Kopf. „Und lange Haare findet sie auch total doof. Mist! Was soll ich denn jetzt machen?“

„Na ja, ist doch klar. Abschneiden“, grinste ich. Das war natürlich nur ein Spaß, aber Mika blieb stehen.

„Okay“, sagte er und stemmte die Arme in die Seite. „Gute Idee. Dann schneide ich sie eben ab. Meinst du, dann habe ich bessere Chancen bei ihr?“

„Du spinnst!“ Ich blieb ebenfalls stehen. „Du willst dir doch nicht im Ernst die Haare schneiden lassen, nur weil Jette kurze Haare mag?“

„Doch“, sagte Mika und nickte. „Genau das will ich!“

„Du hast über ein Jahr gebraucht, damit sie so lang sind!“ Mika wollte sich im Ernst seine heiß geliebten langen Haare abschneiden lassen? Das konnte ich einfach nicht glauben!

„Und du musst es machen“, sagte Mika und nickte heftig. „Gleich nach der Kaffeepause. Mit solchen Sachen darf man nicht erst lange warten.“ Er schob das Kinn vor und starrte mich an.

So entschlossen hatte ich meinen Bruder selten erlebt!

„Mika, ich weiß nicht ...“, begann ich, aber Mika schnitt mir das Wort ab.

„Aber ich“, sagte er fest. „Und wenn du mir nicht hilfst, dann gehe ich heute auch nicht mit dir und Harry spazieren. Und überhaupt nie wieder!“

Das saß!

„Na gut“, lenkte ich nach einem Moment ein. „Aber du hast selbst Schuld, wenn du hinterher übel aussiehst!“

„Ach“, sagte Mika und schüttelte den Kopf. „Das bekommst du schon hin!“

Aber leider bekam ich es überhaupt nicht hin. Und das lag nicht nur an der stumpfen Verbandsschere, die ich zum Schneiden benutzen musste. Nach der Kaffeepause ging Papa wieder zur Apotheke und ich legte los.

„Au“, schimpfte Mika, als das erste Büschel langer blonder Haare zu Boden fiel. „Das ziept!“

„Du wolltest es so“, knurrte ich, hob ein weiteres Büschel Haare von Mikas Hopf hoch und schnitt es ab.

Mika zuckte zusammen. „Autsch!“, brüllte er.

„Mann, Mika, so kann ich nicht schneiden. Und mach die Augen zu, du Dussel! Oder willst du deine Zotteln alle in die Augen kriegen?“

Mika schloss gehorsam die Augen, aber bei jedem Schnitt stöhnte und jammerte er weiter. Schließlich hatte ich alle langen Haare abgeschnitten und, so gut es eben ging, auf eine Länge gekürzt. Aber so richtig zufrieden mit dem Ergebnis war ich leider nicht.

„Hier, guck dich mal im Spiegel an", sagte ich schließlich und nahm das Handtuch von Mikas Schultern. Ein richtiger Schwarm aus blonden Haaren wirbelte durch die Luft und fiel langsam zu Boden.

Mika tappte vorsichtig durch den Haarteppich ins Bad. Ich fegte die Haare schon mal mit der Hand zu einem Haufen zusammen und lauschte.

Aus dem Bad kam ein lang gezogenes Jaulen. „Ich seh aus wie ein gerupftes Huhn!", schrie Mika. „Was hast du denn da gemacht?"

Ich warf die Haare in den Müll und ging zu ihm ins Bad. Mika stand mit weit aufgerissenen Augen vor dem Spiegel und starrte sich unglücklich an.

Ich konnte nicht anders, ich musste lachen. Er sah wirklich aus wie ein gerupftes Huhn. Zwar hatte ich mir alle Mühe gegeben, aber seine Haare waren dennoch ganz unterschiedlich lang geraten und standen überdies in alle erdenklichen Richtungen ab. „Kämm sie doch mal runter, vielleicht sieht das besser aus", schlug ich vor.

Mika griff wie in Trance nach einem Kamm, feuchtete seine Rupffedern an und versuchte, sie zu glätten. Aber das Ergebnis sah noch schlimmer aus als zuvor. „So kann ich nie wieder rausgehen“, heulte Mika und warf den Kamm ins Waschbecken. „Ich seh aus wie ein Monster!“

„Du sagst einfach, du bist Punker“, schlug ich vor. „Wir ziehen dir noch eine Sicherheitsnadel durch die Nase und fertig.“

Aber Mika war nicht nach Lachen zumute. „Das muss irgendwer wiedergutmachen, wenn das noch geht“, sagte er. „Ein Friseur oder so. Aber ich hab kein Taschengeld mehr. Hast du noch was?“

Ich schüttelte den Kopf. „Nee, hab den Rest gestern für ein Eis ausgegeben. Aber warte mal.“ Ich lief zurück in die Küche, kletterte auf einen Stuhl und sah in die Haushaltskasse oben auf dem Schrank. „Hier sind noch zwei Euro“, rief ich.

Mika heulte erneut auf. Dann kam er aus dem Badezimmer gewankt, wobei er die Hände vor die Augen schlug. „Ich kann nie wieder nach draußen“, rief er.

Ich sah auf die Uhr. Es war kurz nach fünf, um Viertel nach erwartete uns Nurit zum Harryausführen. „Doch“, sagte ich. „Ich hab noch eine Idee!“

„Hallo, ihr beiden." Nurit lächelte und schloss die Tür hinter uns. „Setzt euch kurz, ich muss eben noch in die Küche."

Mika und ich hockten uns aufs Sofa und streichelten Harry, der natürlich glücklich wedelnd zwischen uns sprang und versuchte, uns abwechselnd das Gesicht abzulecken.

Als Nurit zurückkam, hatte sie eine kleine Rolle Tüten in der Hand. „Hier", sagte sie. „Heute wollt ihr ja ein wenig länger gehen. Da gehört das dann allerdings auch dazu." Sie wedelte mit der Rolle. „Das sind Tüten für ..."

„Harrys Häufchen", sagte ich. „Schon klar. Nurit, du, wir brauchen mal dringend deine Hilfe!"

Nurit sah mich mit hochgezogenen Augenbrauen an. „Hilfe?", fragte sie. „Was ist denn los? Und willst du nicht mal deine Mütze abnehmen, Mika? Oder bist du erkältet?"

Mika seufzte, dann zog er seine Strickmütze herunter.

Nurit schlug die Hände zusammen. „Oijoijoi!", rief sie. „Hui! Die langen Haare sind ja ab. Was ist denn das für ein rasanter Haarschnitt?"

Plötzlich fühlte ich mich furchtbar schlecht. „Äh, das war ich", sagte ich leise. „Aber Mika wollte das so!"

„Na ja, so nun nicht gerade", sagte Mika und sah auf

seine Knie. „Ich wollte, dass Milla mir die Haare schneidet. Aber natürlich nicht so!"

„Und ich schätze, deswegen braucht ihr jetzt meine Hilfe, oder?" Nurit sah von Mika zu mir und wieder zurück. „Stimmt's?"

Ich nickte und Mika nickte auch.

„Und was hättest du gern für eine Frisur?" Nurit setzte sich auf den Sessel und betrachtete Mika genauer.

Mika zuckte mit den Schultern. „Na ja", flüsterte er. „Kurze Haare eben."

Nurit nickte verständnisvoll. Harry, dem das Warten allmählich zu bunt wurde, wuffte auffordernd, sprang an Mika hoch und schnappte nach seiner Strickmütze. Mika versuchte noch, sie festzuhalten, aber zu spät. Harry hüpfte triumphierend vom Sofa, die Mütze fest zwischen seinen blitzend weißen Zähnen. Er machte ein paar Bocksprünge durchs Zimmer und hielt dann inne, wobei er sich herausfordernd nach Mika umsah. Dabei fiel ihm die Mütze herunter, und Harry sprang mit beiden Vorderpfoten wie ein kleiner Schafsbock drauf, nahm sie wieder ins Maul und schüttelte sie spaßeshalber.

„Harry, aus!", rief Nurit rasch, aber Harry blinzelte sie nur frech an und sprang wieder aufs Sofa zwischen Mika und mich, die Mütze immer noch zwischen den Zähnen.

Ich musste lachen, und auch Nurit konnte sich ein Lächeln nicht verkneifen, vor allem, als Harry gleich darauf fröhlich wedelnd versuchte, Mika die Mütze ins Gesicht zu drücken, und jetzt, endlich, musste Mika auch lachen.

„Mensch, Harry, jetzt hör doch mal auf“, sagte er und drückte die feuchte Hundeschnauze zur Seite. Zum Dank ließ Harry die Mütze fallen und leckte Mika breit übers Gesicht.

„So“, sagte Nurit, als wir uns alle wieder beruhigt hatten, „dann hole ich jetzt mal mein Haarschneidezeug und mache mich an die Arbeit.“

„Danke“, sagten Mika und ich im Chor.

Nurit lächelte. „Ja, klar. Kein Problem! Eine Hand wäscht die andere. Schließlich führt ihr ja Harry aus, da kann ich gern auch etwas für euch machen!“

„Das ist ... das wär prima!“ Mika lächelte erfreut und kraulte Harry zwischen den Ohren. Und dann setzte er ihm seine Strickmütze auf.

„Und schlimmer kann es ja nicht mehr werden!“, sagte ich grinsend. Nurit hob beide Brauen.

„Nö“, sagte sie trocken. „Nur besser!“

Papa war schon zu Hause, als wir um kurz nach sieben hereinkamen. „Da seid ihr ja! Wo wart ihr denn?“, fragte er, ohne sich vom Herd umzudrehen, wo er in einem Topf rührte, von dem ein köstlicher Duft aufstieg. „Es gibt Linsensuppe, deckt doch schon mal den Tisch. Und legt bitte einen Untersetzer hin." Geschäftig rührte er weiter. Mika und ich warfen uns einen Blick zu, dann legte Mika drei Tischsets und Besteck hin, während ich den Untersetzer und drei Teller aus dem Schrank holte. Mika stellte Gläser bereit und ich füllte eine Flasche mit frischem Sprudelwasser auf.

Kurz darauf saßen Mika und ich auch schon auf unseren Plätzen.

„Fertig", sagte ich.

„Fein", rief Papa. „Dann kann es ja losgehen." Er griff sich die Topflappen, nahm damit den Topf von der Platte und drehte sich um.

Und dann ließ er den Topf fast wieder fallen. „Mika!", rief er. „Das ist ja ... Endlich ein vernünftiger Haarschnitt! Aber muss da so viel Gel rein?" Er stellte den Topf auf den Tisch und ließ sich auf seinen Stuhl sinken. „Das ist ja ... Wer war das? Also, wer hat dir das denn geschnitten? Oma?"

„Hä? Wieso Oma?", fragte Mika verblüfft.

Papa starrte ihn weiterhin an. „Na ja, Milla kann schließlich keine Haare schneiden. Und du selber ja wohl auch nicht. Bleibt nur noch Oma. Der trau ich alles zu, die hat mir schließlich früher als Jungen auch die Haare geschnitten. Allerdings lange nicht so gut wie dir. Ich sah eher immer ein bisschen aus wie ein gerupftes Huhn." Er lachte, dann wurde er wieder erst. „Also los, sag schon, war das Oma? Dann muss ich ihr wirklich gratulieren. Vielleicht hat sie ja heimlich einen Friseurkurs gemacht. Sieht nämlich echt gut aus." Er schüttelte den Kopf. „Richtig professionell."

Mika und ich wechselten noch einen Blick. Dann zuckte Mika mit den Schultern und seufzte. „Das war nicht Oma, sondern wirklich eine professionelle Friseurin", sagte er und zog den Topf zu sich herüber.

Papa starrte ihn verdattert an. „Was? Wer? Woher hattet ihr das Geld dafür? Was hat das gekostet?"

„Nichts", sagte ich. „Das hat Nurit umsonst gemacht. Die ist total nett und wohnt seit ein paar Tagen im Haus nebenan. Wir ... wir führen dafür dann ihren Hund aus." Das stimmte zwar nicht so ganz, aber irgendwie ja doch.

Jetzt starrte Papa mich an. „Was? Was für einen Hund?"

„Ein sehr süßer Hund", sagte Mika. „So einer mit Schlappohren. Ich glaube, das ist ein Cocktailspanielmischling."

„Cockerspaniel heißt das", sagte Papa abgelenkt. „Und wie jetzt, werde ich überhaupt nicht mehr gefragt bei solchen Dingen?"

Ich kratzte mich im Nacken. „Hab ich ja. Am Sonntag! Da hatte ich gefragt, ob wir das dürften. So einen Hund ausführen. Weißt du das nicht mehr?"

Papa zog die Stirn kraus. „Wenn ich mich richtig erinnere, hast du das allerdings nur so ins Ungefähre hineingefragt. Von einem konkreten Hund war ja wohl nicht die Rede. Oder?" Er hob die Stimme und Mika und ich duckten uns unmerklich. Papa wurde ja nur selten sauer, aber wenn, dann machte es garantiert keinen Spaß.

„Nein", flüsterte ich. Mika saß still neben mir vor seinem dampfenden Teller.

„Dass mal eines klar ist!", donnerte Papa. „Ich möchte nicht, dass ihr ohne meine Erlaubnis zu irgendwelchen wildfremden Leuten geht und wildfremde Hunde ausführt. Ist das klar?"

„Ja", flüsterten Mika und ich im Chor.

„Gut", sagte Papa und griff nach seinem Löffel. „Ich möchte wissen, wie diese Frau heißt und wo sie wohnt. Und woher ihr sie kennt."

„Nurit Großmann", sagte ich schnell. „Sie wohnt gleich nebenan in der 28, im vierten Stock. Ich hab sie neulich kennengelernt, als ich zum Tanzen gelaufen bin. Da bin ich über die Hundeleine gestolpert, und dann sind wir ins Gespräch gekommen."

„Nurit? Wo kommt die denn her? Und los, jetzt füll dir mal auf."

Ich zuckte mit den Schultern und nahm mir zwei Kellen Suppe. „Keine Ahnung", sagte ich. „Sie sieht türkisch aus irgendwie. Aber sie redet ganz normal deutsch."

Papa nickte und zog den Topf zu sich heran. „Und der Hund?", fragte er und füllte sich gleich drei Kellen auf.

„Der heißt Harry und wohnt auch nebenan in der 28", sagte ich, und Papa sah mich scharf an. Aber ich meinte doch, ein ganz winzig kleines Lächeln auf seinen Lippen zu sehen, das jedoch sofort wieder verschwand.

„Schon gut! Also, ich möchte den Hund kennenlernen. Und die Frau auch!", sagte er. Dann runzelte er die Stirn. „Oder ... ach, na ja, erst mal den Hund", sagte er. „Aber den auf jeden Fall. Und jetzt wird gegessen!"

6

MÄDCHEN SIND MANCHMAL BESCHEUERT – UND JUNGS AUCH!

Am Donnerstag nahm John uns beim Hip-Hop richtig ran. „Los, beim nächsten Mal will ich keinen Fehler sehen, bei niemandem!“, rief er. „Jackie, Isi, Milla in die erste Reihe! Tom und Steven dahinter! Die anderen verteilen sich gleichmäßig, so, wie wir es besprochen haben! Und los!“

Er schaltete den Player ein und laute Musik donnerte in den Raum.

Ich verpasste sofort den ersten Schritt, aber nach ein paar Takten schaffte ich den Anschluss. John, der mich schon böse angesehen hatte, verzog sein dunkles Gesicht zu einem zufriedenen Lächeln.

„Gut so! Weiter!“, rief er und drehte sich nach links, wobei er die Hände geradeaus streckte. „Und zwei und drei und Wechsel und runter und hoch ... Milla, du bist nicht im Rhythmus! Los!"

Ich musste mich echt konzentrieren, aber als mein Einsatz kam, war ich bereit. Mit Schwung machte ich einen Satz nach vorne, drehte den Oberkörper einmal im Kreis und zog die Arme dabei mit. Perfekt!

John hob den Daumen. „*Boo-yah!* Gut so", rief er. „Und wieder zurück, und jetzt Isi nach vorn."

Leider hatte ich ja hinten keine Augen und deshalb landete ich voll auf Isis rechtem Fuß. Sie jaulte auf.

„Aua! Milla, du Knalltüte!", rief sie, hüpfte auf der Stelle und hielt sich dabei den Fuß. „Mist!"

John griff nach hinten und schaltete den Player aus. „*Jesus!*", seufzte er. „Was habe ich nur für eine Stümpertruppe. Isi, ich hab dir doch schon zigmal gesagt, du sollst Milla im Auge behalten, wenn sie nach hinten hüpft. Und Milla, wenn du genau im Rhythmus geblieben wärest, dann wär das nicht passiert. *Come on!*"

Er verdrehte die Augen, dann ging er zum Tisch hinüber und öffnete den großen Seesack, der dort bereitlag. „Okay, Zeit für die Kostümprobe."

„Hä, Kostüme?", rief Tom, und die anderen stemmten verwundert die Arme in die Hüften. „Ich dachte, wir tragen Hip-Hop-Klamotten?"

John schüttelte den Kopf und zog einen Arm voll Kleidungsstücke aus dem Sack. „Nein, ich habe mich mit den anderen Tanzkursen hier im Haus noch einmal besprochen. Zum Tag der offenen Tür haben wir uns jetzt doch ein gemeinsames Motto zugelegt. Es heißt: Aus der Reihe tanzen!"

Wir sahen uns an. Dann zuckte Jackie mit den Schultern. „Ja, und was für Kostüme passen dazu?"

John lächelte so breit, dass seine weißen Zähne in seinem dunklen Gesicht aufblitzten. „Alle möglichen!", sagte er. „Aber wir haben uns für Tierkostüme entschieden, die hatten wir noch im Kostümfundus!" Er hielt einen Overall mit Leopardenmuster hoch. „Hier, das bekommt Tom. Isi, du nimmst das Pferdekostüm. Jackie, ein Hase für dich. Und Milla ..." Er zog ein weiteres Kostüm aus dem Sack und grinste noch breiter. „Für dich habe ich etwas ganz Besonderes!" Er warf mir mein Kostüm zu, und ich faltete es vorsichtig auseinander. Es war beigefarben und mit kleinen Wollkringeln bedeckt, und als ich die pelzigen Ohren und die längliche helle Schnauze sah, die an die Kapuze angenäht waren, wusste ich nicht, ob ich heulen oder lachen sollte.

Aber nicht nur mir ging das so. Alle anderen murrten auch, als sie ihre Kostüme betrachteten.

„Tierkostüme sind voll uncool", sagte Tom, und Isi nickte heftig.

„Vor allem meines!", murrte Jackie.

John zog die Schultern hoch und ließ sie wieder fallen. „Sorry, aber damit müsst ihr euch abfinden. Ist beschlossene Sache."

Ich drehte mein Kostüm in den Händen. „Das will ich nicht", sagte ich wütend. „Das sieht doch voll bescheuert aus!"

Aber John schüttelte den Kopf. „Nein, gar nicht. Zieh es mal an, du wirst schon sehen. Das ist ein total cooles Kostüm. Eventuell müsstest du es noch ein bisschen enger machen lassen, aber es passt prima zu deinem Auftritt. Die wiegenden Bewegungen und das Hüpfen, einfach perfekt!"

Nach dem Training packte ich das Kostüm sofort ganz unten in meinen Rucksack und verabschiedete mich grimmig von den anderen. An der Tür traf ich auf Tom, der sein Leopardenkostüm lässig über die Schulter geworfen hatte.

„Mähähähäh!" Er kicherte und machte meine Bocksprünge nach, aber ich streckte ihm nur die Zunge raus. Blödmann! Der hatte gut lachen. Sein Leopardenkostüm war zwar auch bescheuert, aber immer noch hundertmal cooler als meines!

Jackie rief etwas hinter mir her, aber ich hatte keine Lust, auf sie zu warten. Wütend stapfte ich die Straße hinunter.

So was Doofes! Das hatte John bestimmt extra gemacht und mir das dämlichste Kostüm von allen ausgesucht. Und warum? Weil ich ab und zu mal zu spät kam. Von den anderen hatte auch keiner mit mir tauschen wollen, natürlich nicht. Und zu weit war das dämliche Teil auch noch.

Vielleicht konnte mir Oma ja helfen, es enger zu nähen. Viel Hoffnung hatte ich nicht, aber versuchen konnte ich es ja mal.

Ich stand gerade vor Omas Tür und hatte den Finger schon gehoben, um auf die Klingel zu drücken, als die Tür von innen aufging und Oma heraustrat.

„Milla", sagte sie überrascht. „Ach wie schade, ich habe jetzt gar keine Zeit für dich. Ich muss los."

„Wohin denn?", fragte ich und betrachtete Oma genauer. Sie hatte lauter Klamotten an, die ich noch nie an ihr gesehen hatte: nagelneue weiße Turnschuhe, dunkelgraue Trainingshosen und dazu ein schwarzes langärmeliges Sporthemd. „Du siehst ja sportlich aus! Was hast du vor?“

„Ich gehe zum Seniorensport“, sagte sie stolz und fuhr sich durch die kurzen grauen Haare. „Das wird jetzt ganz neu angeboten, sogar zweimal die Woche. Und ich dachte mir, das kann nicht schaden, wenn ich mich schon mal ein bisschen in Form bringe. Schließlich will ich ja fit sein, wenn ich mit euch in den Kletterwald gehe.“

„Ach so“, sagte ich enttäuscht. „Dann komm ich eben ein andermal wieder. Morgen vielleicht?“

Oma strich mir über die Wange. „Ja, mach das, mein Schätzelein. Alles in Ordnung bei dir?“

Ich zuckte mit den Schultern. „Oma, kannst du mir mein Kostüm enger nähen?“

„Du hast doch ein Kostüm?“, fragte Oma und steckte ihren Türschlüssel ein. „Ich dachte, du tanzt in Hop-Hop-Kleidung?“

„Hip-Hop, Oma, nicht hophop!“ Ich schüttelte den Kopf. „Doch, wir haben jetzt doch alle ein richtiges Kostüm. Aber meines ist zu weit.“

Oma nickte. „Wir gucken mal“, sagte sie aufmunternd und sah auf ihre Uhr. „Aber jetzt muss ich los, sonst komme ich zu spät. Grüß Papa und Mika.“ Sie umarmte mich und marschierte los, und ich sah ihr einen Moment nach, bevor ich wieder zum Eingang zurückging. In den Sportklamotten sah Oma richtig jung aus. Mal sehen, wie sie sich im Kletterwald machen würde.

Ich lungerte ein bisschen im Park neben der Tanzschule herum, dann ging ich zum Eingang hinüber, um Mika abzuholen. Er freute sich allerdings offenbar nicht besonders, mich zu sehen. Stattdessen sah ich schon von Weitem, dass er geradezu dampfte, als er aus der Tür kam. Er warf mir nur einen finsteren Blick zu und marschierte los.

„Was ist denn los?“, fragte ich, als ich ihn eingeholt hatte. „Ist was passiert?“

„Und ob“, knurrte er grimmig und schulterte seinen Rucksack neu. „Du bist echt eine tolle Hilfe!“

„Wie ... was hab ich denn gemacht?“, fragte ich verwirrt.

Mika knurrte erneut. „Große Töne gespuckt, dass du mir helfen willst. Vielen Dank für nix!“

„Aber was denn?“, fragte ich ratlos. Ich hatte wirklich keine Ahnung, wovon er sprach.

„Na, du hast mir versprochen, mir in Zukunft dabei zu helfen, dass ich meine Klamotten nicht mehr vergesse.“ Er stapfte wütend weiter voran, so schnell, dass ich mich beeilen musste, mitzuhalten.

Schlagartig fiel es mir ein. „Oh“, rief ich schuldbewusst. „Stimmt! Hast du etwa schon wieder deine Schläppchen vergessen?“

Mika schüttelte grimmig den Kopf. „Nee, die hatte ich dabei. Aber dafür mein Trikot. Und weißt du, was ich zur Strafe machen musste?“

Er blieb stehen und starrte mich an. Ich schüttelte den Kopf.

„Ich musste mein schreckliches Schafskostüm anziehen. Und die ganze Stunde über darin tanzen!“

Ich konnte mir gerade so noch das Lachen verkneifen. „Du Armer“, sagte ich und bemühte mich, eine möglichst mitfühlende Miene zu machen. „Das ist ja fies.“

Er nickte trübsinnig. „Ja, allerdings. Heute ist echt nicht mein Tag. Erst haben sie über meine kurzen Haare gelacht und dann über mein Kostüm. Jedenfalls die meisten Mädchen. Eine ganze Stunde lang musste ich mir das blöde Gegacker anhören. Mädchen sind einfach bescheuert.“

„Da hast du mal recht“, sagte ich und legte ihm tröstend die Hand auf die Schulter. „Aber ich weiß zufällig, wie ich dich aufmuntern kann. Unser Hip-Hopkurs trägt nämlich jetzt auch Kostüme zum Tag der offenen Tür. Und rate mal, was ich für eines hab?“

„Ist mir doch egal", sagte Mika böse.

„Echt jetzt, rate doch mal." Ich stellte mich ihm in den Weg.

Mika starrte mich finster an, dann hellte sich seine Miene auf. „Nee, oder?", fragte er. „Du hast doch nicht etwa ..."

„Dohoch! Genau das hab ich", sagte ich und holte das Schafskostüm aus meinem Rucksack.

Wir prusteten gleichzeitig los.

Mika holte sein Kostüm auch heraus und dann verglichen wir sie. Es waren die gleichen Kostüme, nur war meines etwas weiter als seines.

Schließlich packten wir sie wieder ein und gingen weiter.

„Komm, wir gucken mal, ob Nurit schon da ist", schlug ich vor, „dann können wir Harry vielleicht schon jetzt ausführen."

„Waren wir nicht erst um viertel nach sechs verabredet?", fragte Mika zweifelnd.

Ich zuckte mit den Schultern. „Kostet ja nichts, mal zu klingeln. Und vielleicht ..." In meiner Hosentasche hatte ich noch einen Euro, den ich jetzt hervorkramte. „Vielleicht spendier ich dir auch noch ein Eis, okay? Zur Entschädigung."

„Hmm“, brummte Mika, aber er sah jetzt sowieso wieder ziemlich vergnügt aus.

Nurit war tatsächlich noch nicht zu Hause, und so trabten Mika und ich zur Kneipe an der Ecke, um ein Eis zu besorgen. Für einen Euro bekommt man entweder ein größe-res oder aber zwei kleine Milcheis, und Mika kann mir nie lange wirklich böse sein.

Also saßen wir kurz darauf auf der Treppe des Eingangs zur Nageltrulla und leckten beide an unserem Eis, als Kai und Ole aus dem Nachbarhaus vorbeikamen. Ole sah uns zuerst und zupfte seinen großen Bruder am T-Shirt. Kai sah sich suchend um, dann entdeckte er uns und blieb stehen.

„Na, ihr Doofis“, rief er. „Ihr seid ja voll ...“ Er schien nach einem passenden Ausdruck zu suchen, aber offenbar fiel ihm auf die Schnelle nichts ein. „Ihr seid ja voll pipikaka!“, rief er, und Ole lachte übertrieben laut.

„Genau, pipikaka!“, wiederholte er.

Mika und ich sahen uns an, dann zuckten wir beide gleichzeitig mit den Schultern, während die beiden kichernd weiterliefen.

„Also, wenn du mich fragst“, sagte ich, „Jungs sind auch total bescheuert.“

Mika nickte zustimmend. In diesem Moment rief jemand unsere Namen.

„Milla! Mika! Hallo, ihr beiden. Wartet ihr schon lange?“ Nurit kam auf uns zu, eine Sporttasche über den Schultern und Laufschuhe an den Füßen. „Ich glaube, ich bin ein kleines bisschen zu spät, oder?“

„Kein Problem“, sagte Mika, und wir standen gleichzeitig auf und reichten Nurit die Hand. Sie sah ein wenig rot im Gesicht aus, so als wäre sie gerannt.

„Ich komme eben erst von der Arbeit“, sagte sie. „Hat ein bisschen länger gedauert, bis ich alles wieder zusammengeräumt hatte. Kommt doch eben mit hoch, Harry freut sich bestimmt schon auf euch.“

Harry freute sich wirklich wie verrückt. Er sprang wild an uns hoch und fiepste vor Freude, und als Nurit ihm dann das Halsband umlegte, kriegte er sich überhaupt nicht mehr ein. „Wollt ihr nicht eure Taschen dalassen?“, fragte Nurit, während sie Mika die Leine überreichte. „Um kurz vor sieben seid ihr wieder zurück, ja?“

„Klaro“, sagte ich.

Wir legten unsere Rucksäcke neben die Tür, dann liefen wir hinter Harry, der wie verrückt an der Leine zog, die Treppe hinunter.

Draußen hob Harry gleich am nächsten Baum das Bein und pinkelte ausgiebig, während er gleichzeitig mit erhobenen Ohren in der Luft herumschnupperte. Dann zog er Mika an der Kneipe vorbei um die Ecke und zielstrebig weiter. Ich kam kaum hinterher.

„Was ist denn mit dem los?", fragte Mika verwundert. „Mensch, da kommt man ja kaum mit."

„Langsam, Harry", rief ich, aber Harry ließ sich nicht beirren. Er zog Mika in straffem Tempo weiter um die nächste Ecke. Und da, direkt hinter der Ecke, bremste er ab und sprang an einem blonden Mädchen hoch, das gerade von seinem Fahrrad stieg.

Mika blieb so abrupt stehen, dass ich von hinten gegen ihn prallte.

Jette grinste. „Hi, ihr beiden. Hallo, Hund." Sie beugte sich zu Harry hinunter und streichelte ihn ausgiebig. Aber nicht ausgiebig genug für Harry, denn er sprang auffordernd an ihren Beinen hoch und leckte ihr über die Hand, als sie damit aufhörte, um ihr Rad abzuschließen. Schließlich musste Jette lachen. „Jetzt ist es aber gut, Hund!", sagte sie und kraulte ihn ein letztes Mal zwischen den Ohren, bevor sie sich aufrichtete.

„Hi, noch mal", sagte sie und lächelte erst mich und dann Mika an. „Man könnte meinen, ihr lauert mir auf."

„Quatsch", rief Mika entrüstet und lief dunkelrot an, vielleicht vor Schreck darüber, dass er in Jettes Gegenwart tatsächlich etwas gesagt hatte.

„Oh, du kannst ja reden", sagte Jette und lächelte ihn an. „Und die Haare hast du auch ab. Jetzt seht ihr beide euch noch ähnlicher."

Ich zuckte mit den Schultern. „Find ich ja nicht, aber es gibt sogar Leute, die uns verwechseln", sagte ich. Mika sagte mal wieder nichts.

„Das würde mir nicht passieren." Jette betrachtete Mika immer noch. „Sieht cool aus. Aber die langen Haare, die fand ich eigentlich viel cooler."

Mika sah jetzt so rot aus, als ob er gleich platzen würde, deshalb beschloss ich, ihn zu erretten.

„Wir müssen jetzt weiter", sagte ich rasch. „Unser Vater dreht am Rad, wenn wir zum Abendbrot zu spät kommen."

„Meiner auch", sagte Jette, lächelte uns noch einmal zu und ging zum Hauseingang hinüber, um zu klingeln. „Bis morgen dann." Der Türsummer ertönte, und Jette verschwand im Haus. Ich zupfte Mika am Arm und er erwachte aus seiner Starre.

„Was?!", fragte er. „Wie jetzt? Sie fand meine langen Haare cool?"

Ich zuckte mit den Schultern. „Keine Ahnung“, sagte ich. „So kann man sich täuschen. Los, komm. Wir gehen weiter.“

Harry zog uns munter wedelnd voran, aber Mika schlurfte nur trübsinnig neben uns her. Schließlich blieb er an der nächsten Straßenecke stehen und sah zu, wie Harry ausgiebig den Ampelmast beschnupperte. „Meinst du, Jette findet mich doof?“, fragte er.

Ich zuckte mit den Schultern. „Weiß nicht. Ich meine, du redest ja kaum was mit ihr. Wie soll sie dich da schon finden?“

Mika zuckte ebenfalls mit den Schultern. „Mir fällt einfach nichts ein“, sagte er ratlos. „Aber das geht ja auch immer alles so schnell. Und dann ... wenn sie so plötzlich auftaucht, dann fällt mir einfach nichts mehr ein.“

Die Ampel schaltete auf Grün und Harry sah auffordernd zu mir hoch. Dabei konnten Hunde doch angeblich keine Farben unterscheiden! Jedenfalls hatte ich das mal gelesen.

„Vielleicht solltest du mal mit ihr spazieren gehen oder so“, schlug ich vor, „und dir vorher überlegen, was du sagen könntest. Ich helf dir auch dabei. Mir fällt immer was zu reden ein.“

„Ja, du“, sagte Mika grimmig, doch dann hellte sich

seine Miene auf. „Aber vielleicht ist das gar keine so schlechte Idee." Im nächsten Moment verfinsterte sich sein Gesicht jedoch wieder. „Ach, die geht sowieso nicht mit mir spazieren."

„Nee, mit dir allein vielleicht nicht. Aber mit dir und Harry bestimmt."

Mika blieb stehen und schaute mich fragend an. Harry sah verwundert von ihm zu mir, dann sprang er an mir hoch und wuffte einmal kurz auf. „Das hieß jetzt: ‚Genau!'", sagte ich grinsend. „Wir brauchen nur einen Plan. Und zwar einen richtig guten." Ich streichelte Harry, dann sah ich Mika wieder an. „Und ich glaub, ich hab schon eine ziemlich gute Idee!"

7

EIN VORTANZEN MIT REICHLICH VIEL KRACH

Als Papa um sieben nach Hause kam, war Mika so aufgeregt, dass er beim Essen die ganze Zeit auf seinem Stuhl hin und her rutschte.

„Meinst du wirklich, dein Plan klappt?“, flüsterte er mir zu, als Papa kurz zum Kühlschrank hinüberging.

„Klar“, flüsterte ich zurück. „Ich frag sie gleich morgen früh.“

„Wer flüstert, der lügt“, sagte Papa und setzte sich wieder, den stinkenden Harzer Käse in der Hand. „Was gibt es denn zu tuscheln?“

„Ach, nichts“, sagte Mika rasch und hielt sich die Nase zu. „Willst du wirklich diesen schrecklich stinkenden Käse essen, Papa?“, näselte er, und auch ich hielt mir schnell die Nase zu.

„Bitte, Papa, hab Erbarmen mit deinen armen Kindern“, röchelte ich.

Papa musste lachen und dann legte er sich den kompletten Käse auf sein Brot. „So, ich ess ihn jetzt schnell auf und dann stinkt er auch nicht mehr“, sagte er zufrieden und biss hinein.

Mika und ich hielten uns weiter die Nasen zu und sahen angewidert zu, wie Papa genüsslich sein ekelhaft stinkendes Käsebrot verzehrte.

„Kinder, jetzt guckt doch nicht so, als ob ich lebende Würmer esse“, lachte er kopfschüttelnd und verdrehte die Augen. „Also gut, ich werde die nächsten vier Wochen keinen Harzer Käse mehr essen, wenn ihr das so schrecklich findet. Aber dafür müsst ihr mir jetzt gleich mal was vortanzen.“ Er schob seinen leeren Teller weg, lehnte sich in seinem Stuhl zurück und verschränkte die Hände vor der Brust. „Ich möchte mal sehen, was ihr beim Tag der offenen Tür vortanzen werdet“, sagte er lächelnd.

„Och, Papa, wir haben doch gerade gegessen“, seufzte Mika und schüttelte den Kopf. „Da soll man keinen Sport treiben, sagst du doch selbst immer.“

„Nur ein bisschen, das geht schon.“ Papa zwinkerte mir zu. „Bitte, tut eurem alten Vater den Gefallen. Ich hab euch schon so lange nicht mehr tanzen sehen.“

Ich zwinkerte Mika zu, dann nickte ich. „Klar, Papa, warum nicht? Ich hol nur mal eben mein Kostüm, ja? Wenn schon, denn schon."

Mika starrte mich verständnislos an, aber ich zog ihn einfach aus der Küche in unser Zimmer.

„Bist du irre?", zischte Mika. „Ist doch voll peinlich, so allein vor Papa zu tanzen!"

„Wieso? Sieht doch keiner. Ich muss sowieso noch üben und du bestimmt auch." Ich zerrte mein Schafskostüm aus meinem Rucksack und zog es über.

Mika verschränkte die Arme vor der Brust und sah zu, wie ich mich in die Ärmel meines Kostüms zwängte, die aus hellem, elastischem Puschelvlies bestanden. Im Gegensatz zum Rest des Kostüms, das weit um meinen Körper herumschlackerte, waren sie ziemlich eng geschnitten. Aber das passt ja, Schafe hatten ja auch eher dünne Beine. „Aber ich zieh mein Kostüm auf gar keinen Fall an", sagte Mika hartnäckig.

„Dann eben nicht. Hilf mir doch mal."

Mika kam widerwillig zu mir herüber und zog mürrisch an meinem Oberteil, bis es einigermaßen richtig saß. Aber als ich mir die Kapuze aufsetzte, musste er lachen. „Mann, siehst du dämlich aus, Milla!"

„Tja, warte nur ab, bis du dein eigenes Kostüm anhast“, sagte ich, griff nach meinem Handy und zog meine Sportschuhe an. „Los jetzt!“

„Aber ohne Musik bringt es das doch gar nicht“, maulte Mika und trottete hinter mir her, zurück in die Küche.

Papa nahm gerade einen Schluck aus seinem Wasserglas, aber er setzte es gleich wieder ab, als er mich hereinkommen sah. „Milla“, prustete er. „Was ... wie siehst du denn aus? Ach du meine Güte!“

Ich legte ungerührt mein Handy auf den Tisch, rief mein Musikprogramm auf und drückte auf Wiedergabe. Im nächsten Moment ertönte ein fetter Beat und ich gab Mika ein Zeichen, zur Seite zu treten.

„Ladies and Gentlemen“, rief ich und stellte mich vor dem Kühlschrank in Position. „Hier kommt sie, die große Show der Tiere! ‚Aus der Reihe‘ tanzen heißt es. Und eins! Und zwei! Und drei! Und vier! Und ...“

Ich riss die Arme hoch, wackelte mit dem Kopf und sprang einen Schritt vorwärts. Papa, der gerade noch fröhlich gelacht hatte, zuckte erschrocken zusammen und presste sich tiefer in seinen Stuhl, als ich beide Arme zur Seite streckte und perfekt im Takt der Musik erst nach rechts und dann nach links sprang. Mein Kostüm schlackerte um mich herum, und ich verhedderte mich fast darin, als ich wieder nach hinten hüpfte und mich nach unten beugte, aber immerhin bekam ich meine Tanzschritte ziemlich genau hin. Also, fast genau. Ein bisschen außer Takt geriet ich schon, aber ich hoffte, dass das Papa nicht so auffiel.

Mika allerdings schon, das sah ich, als ich ihm einen kurzen Blick zuwarf. Er stand grinsend ans Fenster gelehnt da.

„Blödian", keuchte ich, machte ein paar gelungene Scratchbewegungen und legte einen richtig schönen Spin hin – eine perfekte Drehung um die eigene Achse. Und dann setzte ich zu meinem Schlusssprung an, einer coolen Grätsche. Leider verschätzte ich mich um ein paar Zentimeter und landete mit dem rechten Fuß hinter dem Tischbein. Als ich ihn wieder zurückziehen wollte, verhakte mein Fuß sich, und ich plumpste ungeschickt nach vorn. Meine Schafskapuze rutschte mir über die Augen und für einen Moment sah ich nichts mehr. Es rummste laut, Papa und Mika schrien gleichzeitig auf und dann lag ich auch schon auf dem Boden.

Als ich mich wieder aufgerappelt hatte, sah ich, dass ich den Tisch offenbar fast ganz an die Wand geschoben und Papa damit dahinter eingekeilt hatte. Er strampelte mit den Armen und Beinen, während er versuchte, sich wieder zu befreien.

„Nun helft mir doch mal. Mika, hör endlich auf zu feixen und zieh den Tisch weg", rief Papa verzweifelt.

Ich stellte die Musik aus und zerrte am Tisch, und zusammen mit Mika, der sich immer noch schlapp lachte, bekam ich Papa schließlich wieder frei.

„Hilfe! Na, das war ja ein Auftritt, Milla" Schwer atmend blies er die Backen auf und fuhr sich durchs Haar, sodass es in alle Richtungen vom Kopf abstand. Papas Haare sind zwar ziemlich kurz, aber immer noch lang genug, um abstehen zu können. Mika, der sich gerade wieder eingekriegt hatte, fing schon wieder an zu kichern, und jetzt musste ich auch lachen.

Papa starrte uns einen Moment lang an, dann brach er ebenfalls in Lachen aus.

Volle fünf Minuten war mit uns nichts anzufangen, aber schließlich wischte Papa sich die Lachtränen aus den Augen und schüttelte den Kopf, während er die Pfütze auf dem Tisch betrachtete, die sein umgefallenes Glas hinterlassen hatte. Dann sah er an sich hinunter und entdeckte den großen Wasserfleck auf seinem Hemd. „Also ehrlich", sagte er grinsend. „Ganz schön stürmisch, Milla. Na gut, aber immerhin warst du mit Feuereifer bei der Sache." Er schmunzelte und sah dann zu Mika, der immer noch kicherte. „So, und jetzt dein Auftritt, Mika."

Mika hörte schlagartig auf zu kichern. „Ich?", rief er dümmlich und tippte sich auf die Brust.

Papa und ich brachen erneut in Lachen aus und nach einem Moment fing auch Mika wieder an zu kichern.

„Ja, genau du", sagte Papa schließlich, holte sich einen Lappen von der Spüle und wischte die Pfütze auf dem Tisch auf. Dann warf er den Lappen mit Schwung zurück. „Los jetzt, wir warten."

Mika stöhnte und schlurfte schließlich in unser Zimmer. Aber nach ein paar Minuten kam er mit ratlosem Gesicht wieder zurück. „Ich weiß nicht, wo mein Rucksack ist. Da ist auch mein Handy drin, mit der Musik. Und ohne die kann ich nicht tanzen."

„Kannst du wohl", sagte Papa und klopfte auf den Tisch. „Los jetzt, zier dich nicht so!"

Mika stöhnte noch einmal so laut, wie er nur konnte, aber Papa ließ sich nicht erweichen. Schließlich streifte er sich Hausschuhe und Socken von den Füßen und stellte sich sehr gerade hin, die Füße eng aneinander, wobei die Fußspitzen leicht nach außen zeigten. „Guck genau hin, Milla", sagte er wichtig, machte ein heiliges Gesicht und hob in einer sanft fließenden Bewegung die Arme.

Dann wiegte er seinen Oberkörper nach rechts und nach links, verdrehte die Augen zur Decke und stellte sich auf die Fußspitzen. Langsam führte er seine Fingerspitzen zusammen, legte den Kopf leicht schief und bildete mit den Armen einen anmutigen Bogen. Ich hörte, wie er ganz leise zu summen begann, und für einen Moment war ich schon wieder kurz davor, in Lachen auszubrechen. Aber ich konnte mich gerade noch beherrschen.

Und nach einer Weile musste ich zugeben, dass Mika wirklich elegant aussah. Also gar nicht albern oder affig oder so, sondern richtig anmutig!

Und das fand Papa ganz offensichtlich auch, denn er sah ziemlich beeindruckt aus.

Mika beendete seine Vorführung mit einer kurzen Pirouette und verbeugte sich bis zum Boden, dann sah er uns aufgeregt an, als er wieder hochkam. „Und, wie fandet ihr das?“, fragte er atemlos.

„Das war wunderbar!“, sagte Papa und fing an zu klatschen.

Ich klatschte ebenfalls in die Hände und trommelte dazu mit den Füßen auf dem Boden und nach ein paar Sekunden winkte Mika verlegen ab.

„Schon gut“, rief er. „Mensch, nun hört doch mal wieder auf!“

Ich pfiff noch einmal durchdringend auf zwei Fingern, und Papa rief laut: „Bravo!“

Mika verbeugte sich ein weiteres Mal, und als er jetzt wieder hochkam, sah er richtig glücklich aus.

Im selben Moment klingelte es an der Wohnungstür. Papa und ich hörten schlagartig auf zu klatschen und wir sahen uns alle drei verwundert an. Dann lief ich zur Tür und öffnete sie.

Draußen stand Nurit und lächelte mich an. Zwischen ihren Beinen hielt sie mit einer Hand Harry fest, der mit aller Kraft versuchte, zu mir zu gelangen. „Hallo, Milla", sagte sie freundlich.

„Hallo, Nurit."

„Wer ist denn da, Milla?", rief Papa aus dem Wohnzimmer.

„Nurit", rief ich zurück. Einen Moment später tauchte Mika im Flur auf.

„Hallo, Nurit", sagte er. „Oh, hallo, Harry."

Jetzt konnte Harry sich erst recht nicht mehr halten und irgendwie gelang es ihm, sich aus Nurits Fingern herauszuwinden. Wie der Blitz schoss er an mir vorbei zu Mika, sprang kurz an ihm hoch und rannte dann einfach weiter in die Küche. Kurz darauf hörten wir Papa erschrocken aufschreien.

„Huch! Was ist das denn?"

Mika drehte sich auf bloßen Füßen um und lief zurück in die Küche und Nurit und ich eilten hinter ihm her. Papa saß stocksteif auf seinem Stuhl und bemühte sich mit ausgestreckten Armen, Harry auf Abstand zu halten, der fröhlich an ihm hochsprang und versuchte, ihm durchs Gesicht zu lecken.

„Harry, hierher", rief Nurit mit Donnerstimme, aber leider ohne Erfolg. Harry hielt nur kurz inne, wedelte einmal leicht und sprang dann wieder an Papa hoch. „Harry!", schrie Nurit. „Aber sofort!"

Einen Moment später erwischte Mika Harry am Halsband und zog ihn von Papa zurück. Papa schüttelte verwirrt den Kopf und sprang von seinem Stuhl hoch, der nach hinten kippte. Harry wuffte erschrocken auf und ich musste schon wieder lachen.

„Tut mir leid, Harry ist manchmal etwas wild", sagte Nurit entschuldigend und sah Papa leicht verlegen an.

„Ach, das ... das macht doch nichts", sagte Papa und lächelte höflich, während er eilig versuchte, gleichzeitig seine Haare zu glätten und sein Hemd geradezuziehen.

Papa und Nurit beäugten sich vorsichtig. Dann runzelte Papa die Stirn und sah erst Mika und dann mich fragend an.

„Papa, das ist Nurit", sagte ich rasch. „Und das da ist Harry." Ich deutete auf Harry, der sich jetzt zufrieden an

Mikas Beine schmiegte. „Also, du weißt schon, der Hund, den wir ab und zu ausführen.“

„Aha“, sagte Papa. „Das ist ja nett. Sie sind also die Dame aus dem Nachbarhaus. Die Kinder haben gar nichts davon gesagt, dass Sie heute Abend vorbeikommen wollten, sonst hätte ich ...“ Offenbar wusste er nicht weiter, denn er räusperte sich und faltete die Hände hinter dem Rücken. Dann fiel sein Blick auf den Wasserfleck auf seinem Hemd und er nahm die Arme schnell wieder nach vorn und verschränkte sie vor der Brust.

„Nun ja. Ich bin ja eher spontan vorbeigekommen“, sagte Nurit und hob eine Hand. Erst jetzt sah ich, dass sie einen Rucksack festhielt. Mikas Rucksack, genauer gesagt. „Ich glaube, einer von euch beiden hat das hier bei mir vergessen?“ Sie sah fragend von mir zu Mika.

„Oh, mein Rucksack! Danke, Nurit!“ Mika nahm ihr den Rucksack ab. Einen Moment lang standen wir vier schweigend da, dann ergriff Papa das Wort.

„Wollen Sie sich vielleicht setzen, Nurit?“, fragte er höflich.

„Ich habe leider gar keine Zeit ...“ Nurit zögerte, dann lächelte sie. „Ach, warum eigentlich nicht?“

„Hier, bitte.“ Papa kam um den Tisch herum und zog einen Stuhl für sie vom Tisch.

Nurit setzte sich. „Danke.“

„Bitte sehr“, sagte Papa steif und steckte die Hände in die Hosentaschen. Dann nahm er sie wieder heraus. „So, ja dann.“

Nurit nickte. Dann sah sie uns der Reihe nach an. Und dann, ganz plötzlich, fing sie an zu lachen.

Papa, Mika und ich blickten uns verwundert an, aber dann mussten wir auch grinsen. Klar, wir sahen sicher ziemlich komisch aus – Papa mit seinen zerrauften Haaren und dem großen Wasserfleck auf dem Hemd, Mika barfuß und ich in meinem albernen Schafskostüm.

„Also“, sagte Papa schließlich, „nicht dass Sie denken, dass es bei uns immer so zugeht, aber wir hatten gerade – die Kinder haben gerade ihre Tänze geprobt und da ist ein bisschen was schiefgegangen.“ Er zeigte auf das umgefallene Wasserglas, das immer noch auf dem Tisch lag und machte eine entschuldigende Geste.

„Was für Tänze habt ihr denn geprobt?“, fragte Nurit freundlich.

„Für den Tag der offenen Tür unserer Tanzschule“, sagte ich. „Nächsten Sonntag. Da führen wir was vor. Also, in verschiedenen Tanzkursen. Aber wir sind beide ein Schaf, Mika und ich.“ Ich deutete auf mein Kostüm und Nurit nickte. Obwohl sie ein wenig komisch dabei guckte.

„Das klingt ja interessant", sagte sie. „Darf da jeder hinkommen?"

„Klar, warum nicht?", sagte ich, und Mika nickte.

„Fein", sagte Nurit. „Dann bin ich auch dabei!"

„Super!", sagten Mika und ich im Chor.

Nurit musste lächeln, dann nickte sie.

Einen kurzen Moment schwiegen wir wieder, dann räusperte sich Papa erneut, steckte die Hände noch mal in die Hosentaschen und nahm sie gleich wieder heraus.

„Möchten Sie etwas trinken?", fragte er. „Also, darf ich Ihnen vielleicht ein Glas Wasser anbieten? Oder ein Stück Kirschkuchen vielleicht? Selbst gebackenen", fügte er hinzu.

„Schmeckt echt lecker", sagte ich, und Mika nickte dazu. „Papa kann super backen!"

Nurit lächelte und schüttelte den Kopf. „Nein danke. Ein andermal gern, aber ich muss tatsächlich gleich wieder los. Ich bin auf dem Sprung, sozusagen."

Papa nickte verständnisvoll „Dann eben ein andermal vielleicht", sagte er und räusperte sich erneut.

„Gern." Nurit stand wieder auf. „Und Ihnen ist es also recht, wenn Milla und Mika ab und zu Harry ausführen? Er führt sich übrigens nicht immer so wild auf!" Sie lächelte Papa an.

„Öh, nein. Also ich meine, ja, das ist ... das ist in Ordnung, ja", sagte Papa und kratzte sich am Hinterkopf.

„Das freut mich aber sehr!" Nurit lächelte Papa noch breiter an, und zu meinem Erstaunen sah ich, dass Papa tiefrot anlief. Er sah genauso aus wie Mika, wenn ihm Jette über den Weg lief. Fast musste ich schon wieder kichern, aber ich konnte es mir gerade noch verkneifen.

Wir brachten Nurit und Harry zusammen zur Tür, und dort reichte Nurit jedem von uns die Hand, Papa zum Schluss.

„Auf Wiedersehen", sagte sie. „Also, gern bis ein andermal!"

„Ja, sicher, mhm. Wir sind ja nun Nachbarn", sagte Papa und öffnete die Tür. Nurit lächelte noch einmal in die Runde, dann drehte sie sich zu mir. „Das, äh, das Kostüm ist ein bisschen weit, meine ich, oder?", sagte sie.

Ich nickte. „Ja, ein bisschen. Aber das wird noch enger genäht!"

„Dann ist ja gut. Tschüss, ihr, bis dann!"

„Bis dann!", riefen Mika und ich im Chor. Und dann sahen wir zu, wie Nurit und Harry die Treppe hinunterliefen und verschwanden.

„Tja", sagte Papa und klappte die Tür zu. Er sah ein bisschen nachdenklich aus. „Das ist also Nurit, soso."

„Die ist nett, oder?“, fragte ich, und Papa nickte.

„Ja“, sagte er. „Sehr nett.“

„Supernett!“, rief Mika, und Papa nickte.

„Jaja, supernett. So, jetzt reicht es aber. Lasst uns lieber noch eine Runde Mensch-ärgere-dich-nicht spielen.“

„Hä, du willst freiwillig spielen?“, wunderte ich mich. Papa nickte.

„Ja“, sagte er. „Ich muss ein bisschen üben. Damit ich mal gegen Oma gewinne. Und deshalb fange ich auch an.“

8

STEIFE FINGER UND KOMISCHE VERRENKUNGEN

Am Montagmorgen war es Zeit, den ersten Teil unseres Planes in die Tat umzusetzen. Allerdings hatte ich keine Gelegenheit, vor der Schule mit Jette zu reden, und auch in der großen Pause klappte es nicht. Auf dem Pausenhof kam Mika erwartungsvoll auf mich zu, aber ich schüttelte nur den Kopf.

„Noch nicht“, flüsterte ich. „Aber ich frag sie noch, ganz sicher!“

Mika schlurfte mit hängenden Schultern davon, und genau in diesem Moment bog Jette um die Ecke und kam direkt auf mich zu, gefolgt von Zoe. „Hi, Milla. Was hat Frau Brinkmann dir denn jetzt eigentlich für deinen Text gegeben?“

„Ja, genau“, sagte Zoe. „Was hat sie dir denn gegeben?“

„'ne Drei", sagte ich achselzuckend.

„Echt, nur eine Drei? Ich finde, du hast eine bessere Note verdient. Mir hat dein Text total gut gefallen! Aber ich mag Hunde ja auch gern. Vielleicht kann Frau Brinkmann Hunde nicht leiden?" Sie lachte und blies sich eine Strähne aus den Augen.

Das war die Gelegenheit, meinen Plan in die Tat umzusetzen. „Wenn du Hunde so gern magst, kannst du gern mal mit mir und Harry spazieren gehen", schlug ich lässig vor und Jette fing an zu grinsen.

„Echt? Klar, da bin ich dabei! Cool! Wann denn?"

Jetzt kam es drauf an! „Vielleicht am Donnerstag?", sagte ich. „Nachmittags, so gegen vier vielleicht?"

Jette überlegte kurz, dann schüttelte sie den Kopf. „Um vier kann ich nicht. Um fünf geht. Aber ich hab nur bis halb sieben Zeit, dann gibt es bei uns Abendbrot. Und wenn ich da nicht pünktlich bin ..."

„... dreht dein Vater am Rad!", führte ich ihren Satz zu Ende. Ich überlegte blitzschnell, dann nickte ich. „Okay, dann um fünf. Treffen wir uns bei meiner Tanzschule?"

„Ja klar! Also um fünf bei der Tanzschule", sagte Jette, und Zoe machte große Augen.

„Oh, du tanzt? Was denn, Ballett? Kann ich da mal zugucken?"

„Nee, ich tanze auch gar kein Ballett, ich tanze Hip-Hop", sagte ich schnell, um Zoe abzuwimmeln. „Also, abgemacht, Jette? Donnerstag um fünf!"

„Super", sagte Jette und winkte ein paar Mädchen aus der Nachbarklasse zu, die an uns vorbei ins Treppenhaus liefen. „Die Pause ist vorbei. Wir müssen rein."

„Ich komme gleich nach."

Jette und Zoe setzten sich in Bewegung. Aber dann drehte Jette sich doch noch mal um.

„Kommt dein Bruder eigentlich auch mit?", fragte sie. Ich konnte nicht so richtig sehen, ob sie die Vorstellung nun eher gut oder nicht so gut fand, aber es sollte ja so oder so eine Überraschung sein. Also schüttelte ich den Kopf.

„Nee, der hat was anderes zu tun", sagte ich, und dann fiel mir plötzlich ein, dass ich noch gar nicht herausgefunden hatte, ob sie eigentlich einen Freund hatte. Nicht, dass die ganze Aktion umsonst wäre! „Jette, warte mal!"

Jette blieb stehen. „Was ist denn?"

Ich trat näher an sie heran. „Hast du eigentlich einen Freund oder so?", fragte ich leise, damit Zoe es nicht nicht hörte.

Jette sah mich ein bisschen komisch an, dann lachte

sie und schüttelte gleichzeitig den Kopf. „Nö", sagte sie. „Wieso?"

„Ach, nur so." Ich grinste sie an. „Bis gleich. Ich komme gleich nach."

Jette guckte komisch, dann lief sie zu Zoe hinüber und trabte mit ihr die Treppe hinauf.

Kaum war sie verschwunden, tauchte Mika hinter mir auf. „Und?", fragte er aufgeregt. „Hast du sie gefragt?"

„Klaro! Es klappt!"

Mika grinste übers ganze Gesicht und schlug sich mit der Faust in die Hand. „Yeah! Cool!"

„Ja", sagte ich. „Cool. Allerdings kann sie erst um fünf."

Mika erstarrte und wurde bleich. „Aber um fünf muss ich doch zum Ballett! Ich darf nicht mehr fehlen, sonst kriege ich totalen Ärger mit Dragana!"

„Tja", sagte ich. „Und deshalb klappt unser schöner Plan A ja auch nicht. Dass mir ganz zufällig einfällt, dass ich was Wichtiges zu tun hab und du ganz zufällig um die Ecke biegst und ganz zufällig für mich einspringst, für eine Stunde, damit du dann noch rechtzeitig zum Ballett kommst. Nein, das klappt wohl nicht."

Mika sah traurig drein. „Nein", sagte er und schüttelte den Kopf. „Das klappt wohl nicht. Mist!"

Ich nickte. „Nun, dann ist es wohl Zeit für Plan B."

Mika sah mich verständnislos an und wich ein paar Erstklässlern aus, die kreischend an uns vorbei zur Treppe rannten. „Plan B?“

„Genau, Plan B. Wir verschieben alles um eine Stunde nach hinten. Ich verspreche dir, dass du keinen Ärger mit Dragana kriegen wirst. Aber das bedeutet, dass wir ziemlich viel üben müssen.“ Ich seufzte.

„Üben?“

„Ja, leider. Und zwar Ballett. Du musst mir deine Tanzschritte beibringen.“

Mika zog die Brauen hoch. „Dir? Ballett? Wovon redest du eigentlich? Das kriegst du doch nie hin!“

„Und ob“, sagte ich und gab ihm einen Klaps auf den Rücken. „Los jetzt! Es hat längst geklingelt. Wir müssen rein.“

„Ja, und der Plan B?“

„Den erklär ich dir später“, rief ich und lief los.

Direkt nach der Schule ging ich aber erst einmal zu Oma. Mein Kostüm hatte ich dabei und dazu zwei Stücke von Papas neuestem selbst gebackenen Kuchen, als Bestechung.

Auf dem Flur vor ihrer Wohnung war diesmal richtig viel los, denn aus Richtung der Gemeinschaftsräume weiter hinten kamen lauter alte Leute geströmt. Die meisten trugen Turnschuhe und Sportkleidung, und fast alle machten zufriedene Gesichter. Viele blieben noch vor ihren Türen stehen und unterhielten sich. Sonst war es im Flur immer ziemlich still. Aber jetzt war es ganz anders. Eine fröhliche Stimmung lag in der Luft.

Oma lächelte breit, als sie mir die Tür öffnete. „Milla!", sagte sie erfreut. „Na so was. Das ist ja eine Überraschung. Du hast wirklich Glück, ich bin gerade erst reingekommen."

Ich ließ mich auf die Küchenbank fallen und warf meinen Rucksack neben mich. „Draußen tobt ja der Bär! Was ist denn da los? Warst du etwa schon wieder beim Sport?" Oma trug nämlich wieder dieselbe Sportkleidung wie beim letzten Mal. Irgendwie sah sie viel jünger als sonst darin aus, fand ich. Und cool noch dazu!

Oma nickte, während sie den Kühlschrank öffnete. „Ja, allerdings. Das macht vielleicht einen Spaß! Und die Gymnastiklehrerin ist supernett, das hat sich eben rumgesprochen." Sie holte eine ungeöffnete Colaflasche aus dem Kühlschrank. „Na, etwas Gift gefällig, mein liebes Kind?"

„Aber klar", sagte ich und nahm ihr gierig das Glas ab, das sie mir vollgeschenkt hatte. Als ich getrunken hatte, wischte ich mir den Mund ab und zog mein Kostüm aus dem Rucksack. „Oma, du musst mir helfen!“

„Wobei denn?“ Oma zog das Kostüm zu sich herüber. „Auweia, was ist denn das für ein Lappen?“

„Das ist mein Kostüm“, sagte ich unglücklich. „Ich muss als Schaf auftreten. Genau wie Mika. Aber sein Kostüm passt wenigstens. Und meines ist viel zu weit.“

Oma seufzte und befingerte den weichen Stoff, dann seufzte sie wieder und legte das Kostüm kopfschüttelnd hin. „Oje, oje!“, sagte sie. „Und das auf meine alten Tage. Na, zieh mal an!“

Kurz darauf stand ich in meinem Schafskostüm auf einem von Omas Küchenstühlen und drehte mich langsam im Kreis, während Oma den Schnitt genauestens begutachtete. „Hmmpf“, murmelte sie undeutlich, „daff fieht ja komiff auf ...“

„Oma, wenn du diese Stecknadel da nicht aus dem Mund nimmst, versteh ich kein Wort!“

Oma nahm die Stecknadel aus dem Mund und zog die Stirn kraus. „Tja, das ist vertrackt, ich weiß nicht recht ...“ Sie zupfte am Stoff herum und schob mich nach links und dann wieder nach rechts. „Ich weiß ja nicht ...“, knurrte sie und schüttelte den Kopf. „Na gut, ich probiere es mal. Aber nur, weil du es bist!“

Ich stieg wieder vom Stuhl hinunter und streifte mir das Kostüm über den Kopf. Dann setzte ich mich hin und sah mit auf dem Tisch verschränkten Armen zu, wie Oma sich mit gerunzelter Stirn an die Arbeit machte.

„Das klappt nicht mehr so gut mit meinen steifen Fingern“, sagte sie und legte den Kopf schief, um ihr Werk zu betrachten. „Ich versuch es mal weiter.“ Vorsichtig raffte sie den Stoff zusammen, setzte ein paar Stiche und fluchte leise. „Aua! Jetzt hab ich mich doch glatt gestochen! Herrje, ohne Lupe geht das wohl nicht mehr.“

„Soll ich irgendwas halten oder so?“, bot ich an, aber Oma schüttelte den Kopf.

„Nein. Du kannst mir lieber mal ein bisschen Gift eingießen, vielleicht hilft das“, sagte sie und setzte einen weiteren Stich.

Ich schenkte Oma ein Glas voll ein und mir auch noch eins, dann sah ich ihr weiter zu.

Arme Oma! Aber Papa konnte nun mal kein Stück nähen. Von Mika und mir ganz zu schweigen. Und sonst war ja keiner da.

Plötzlich war mir ganz traurig zumute. „Oma?“

„Hmhm?“ Oma sah sehr konzentriert aus, wie sie da Stich für Stich setzte. „Was denn?“

„Warum ist Mama damals eigentlich weggegangen?“

Oma sah hoch und im selben Moment zuckte sie zusammen. „Ach nein, schon wieder gestochen“, rief sie und betrachtete ihren Daumen. Blut war aber keines zu sehen, also beugte sie sich wieder über mein Kostüm und nähte weiter. „Ich weiß es nicht genau, aber ich vermute, sie war überfordert“, sagte sie langsam.

„Überfordert?“ Was sollte das denn eigentlich heißen? Ein blödes Wort, das nur Erwachsene sagten, dieses „überfordert“!

„Ich glaube, deine Mutter kam nicht so gut damit klar, sich um zwei Säuglinge auf einmal kümmern zu müssen“, sagte Oma achselzuckend. „Sie war einfach auch noch sehr jung. Und ziemlich wild. So wie du!“ Sie lachte, aber im nächsten Moment verzog sie das Gesicht. „Autsch! Ach, das ist doch wie vertrackt!“

„Also bin ich ihr ähnlich?“, fragte ich neugierig. Papa erzählte fast nie was über Mama. Ab und zu guckten wir zusammen Fotos an, auf denen sie auch drauf war, aber er wurde dann immer sehr still.

„Aber absolut“, sagte Oma und legte den Stoff hin. „Du bist ihr wahnsinnig ähnlich. Also, vom Aussehen, aber auch von der Art her ...“ Sie schüttelte den Kopf und lächelte in sich hinein. „Ich mochte deine Mutter wirklich sehr, sehr gern. Aber es hat mich trotzdem nicht gewundert, dass sie weggegangen ist. Sie war einfach ein totaler Wildfang. Sehr, sehr lebenslustig." Oma trank einen Schluck und warf mir einen kurzen Blick zu. „Warum fragst du?"

Jetzt zuckte ich mit den Schultern. „Ach, nur so."

Oma zog den Stoff wieder zu sich heran und beäugte ihre Naht. Sie sah, ehrlich gesagt, ziemlich krumm und schief aus, und offenbar fand Oma das auch, denn sie seufzte laut auf. „Vermisst du sie?", fragte sie und hob das Kostüm hoch.

„Ich? Nö", sagte ich schnell und schüttelte den Kopf. „Nee, bestimmt nicht. Die wollte uns ja nicht, warum soll ich sie denn da vermissen?"

Oma sah mich an. Dann legte sie den Stoff wieder hin, drehte sich zu mir und nahm mich fest in die Arme. „Mein liebstes Enkelkind", flüsterte sie mir ins Ohr. „Sie wollte euch ganz bestimmt! Aber sie hat es nicht geschafft, sich gut um euch zu kümmern. Und sie wusste, dass ihr es bei eurem Vater gut haben würdet. Und das habt ihr doch auch, oder? Abgesehen davon, dass er ebenso wenig nähen kann wie seine eigene Mutter." Sie lächelte mich an, aber ein ganz kleines bisschen traurig sah sie doch dabei aus.

Auf einmal hatte ich einen Kloß im Hals, und ich

musste mich zweimal räuspern, bevor ich antworten konnte. „Ja, klar", krächzte ich. „Aber ..." Doch dann wusste ich nicht mehr, was ich eigentlich hatte sagen wollen, und ich verstummte.

„Aber manchmal wäre es einfach schön, eine Mama zu haben, die einem mal eben das Kostüm enger näht, und nicht eine olle Oma, die es nicht besonders gut hinkriegt", sagte Oma sanft, und da musste ich gleichzeitig kichern und ein bisschen weinen. „Schsch", machte Oma, und ihre Arme waren so weich und fest, dass ich einfach die Augen zumachte und mich an sie schmiegte.

Und das Schöne war, dass Oma mich erst nach einer ganzen Weile wieder losließ.

„So, allerliebste Milla", sagte sie und setzte eine energische Miene auf. „Jetzt probier mal eben dieses schreckliche Ding hier an, damit ich weiß, ob ich weitermachen oder lieber aufhören soll. Ich fürchte ..."

Sie verstummte und wartete, bis ich das Kostüm übergezogen hatte. Das war gar nicht so einfach; irgendwie kam ich nicht richtig hinein und auf halbem Wege blieb ich stecken. Oma zog ein bisschen am Saum, aber trotzdem bekam ich meinen Kopf und den rechten Arm nur halb hinaus. Der linke Arm hing fest, und sosehr wir uns auch bemühten, ich bekam es einfach nicht an.

„Oma! Was ist denn da los?“, rief ich schließlich, und Oma hörte auf zu ziehen und fing an zu lachen.

„Ach, Milla, tut mir leid, aber ich hab die Naht so schief genäht, dass ich sie wieder auftrennen muss. Sonst musst du hier für und immer ewig so stehen bleiben, als halbes Schaf!“ Wir mussten beide loslachen, und das tat gut. Oma nahm den Auftrenner, ein kleines Messerchen mit geteilter Spitze, zur Hand, setzte ihn an und nach einem Moment fühlte ich, wie das Kostüm von selber an mir herunterrutschte, bis es wieder schlaff herunterhing.

„Alles umsonst“, sagte Oma und grinste. Dann zuckte sie mit den Schultern. „Tut mir wirklich leid, aber ich bin für Näharbeiten einfach nicht mehr geeignet“, sagte sie bedauernd. „Am besten bringst du es zu einer Änderungsschneiderei. Frag mal deinen Vater, der weiß bestimmt, wo eine ist.“

Ich zog das Kostüm wieder aus und steckte es in meinen Rucksack zurück. „Meinst du?“

„Klar“, sagte Oma. „Weiß er bestimmt. Dein Vater weiß doch alles.“ Sie zwinkerte mir zu und stand auf.

„Außer, wo Mama ist“, sagte ich und setzte mir den Rucksack auf.

Oma nickte. „Ja, da hast du recht. Und noch etwas weiß er nicht: Dass seine alte Mutter ihm im Kletterwald mal zeigen wird, was eine Harke ist!“ Sie ballte beide Fäuste und winkelte die Arme an. „Der Sport tut mir sehr gut! Sehe ich nicht schon ganz durchtrainiert aus?“ Erwartungsvoll sah sie mich an und ich nickte.

„Absolut, Oma! Obwohl – ein ganz kleines bisschen könnte das aber auch an deinen Sportklamotten liegen!“

„Raus mit dir“, lachte Oma und drückte mir einen Kuss auf die Wange. „Bis spätestens Samstag beim Tag der offenen Tür. Ihr holt mich ja dann rechtzeitig ab.“

Trotzdem, irgendwie war meine Laune im Keller. Wie meistens, wenn ich über Mama nachdachte. Missmutig schlurfte ich mit meinem Rucksack über der Schulter nach Hause. Wie ich Papa kannte, würde er bestimmt eher selbst versuchen, das Kostüm enger zu nähen, als es zu einer Änderungsschneiderei zu bringen. Und wie es dann hinterher aussah – ich mochte gar nicht dran denken.

„Hallo, Milla“, hörte ich eine Stimme hinter mir, als ich gerade an der Eckkneipe vorbeiging. Ich drehte mich um.

Nurit kam auf mich zu gelaufen, das heißt: Eigentlich wurde sie zu mir hingezogen, von Harry natürlich. Mit heraushängender Zunge stürmte er auf mich zu und bei seinem Anblick bekam ich gleich wieder gute Laune.

„Hallo, Nurit. Hallo, Harry." Ich kniete mich hin und streichelte Harry ausgiebig, der davon gar nicht genug bekam. Er zog seine Lefzen so weit zurück, dass es aussah, als ob er grinste, und ich grinste zurück.

„Na?" Nurit lächelte zu mir herunter. „Alles gut bei dir?"

Ich zuckte mit den Schultern und streichelte Harry über den flachen Schädel.

Nurit betrachtete mich aufmerksam. „Du siehst aber nicht fröhlich aus", sagte sie. „Ist etwas passiert?"

Ich schüttelte den Kopf und stand wieder auf. „Nö. Meine Oma hat versucht, mein Kostüm enger zu machen, aber sie hat es nicht hinbekommen", sagte ich. „Wegen ihrer steifen Finger. Und jetzt müssen wir eine Änderungsschneiderin suchen. Weißt du zufällig eine, hier in der Nähe?"

Nurit nickte. „Ja", sagte sie. „Mich." Sie blickte auf ihre Armbanduhr, dann zog sie die Nase kraus. „Also, wenn du willst, mache ich es jetzt gleich. Eine halbe Stunde Zeit hab ich noch."

„Meinst du das ernst?", fragte ich verblüfft.

Nurit stemmte die Hände in die Seiten. „Klar meine ich das ernst", sagte sie und wirkte fast ein bisschen ärgerlich dabei. „Wenn ich was sage, dann meine ich es auch so. Also, soll ich oder soll ich nicht?"

„Doch“, sagte ich rasch. „Klar!“

„Na, dann komm.“ Nurit setzte sich in Bewegung, und ich folgte ihr, immer noch verdutzt.

In Nurits Hausflur trafen wir vorm Briefkasten auf Herrn Özlem, ihren Nachbarn aus dem zweiten Stock. Nurit grüßte ihn freundlich und er grüßte ebenso freundlich zurück. Als er mich sah, runzelte er die Stirn, aber dann nickte er gnädig.

Oben bei Nurit zog ich als Erstes das Kostüm über und Nurit ging einmal langsam um mich herum und steckte es dabei mit bunten Stecknadeln ab.

„So, vorsichtig beim Ausziehen, damit du dich nicht pikst“, sagte sie schließlich und half mir dabei, das Kostüm langsam über meinen Kopf zu ziehen, ohne mich zu stechen. Dann trug sie es zur Nähmaschine hinüber und setzte sich davor. „Setz du dich inzwischen aufs Sofa“, sagte sie. „Wird aber nicht lange dauern.“

Harry, der gerade in der Küche eine Portion Futter verdrückt hatte, kam ins Wohnzimmer und hopste mit Schwung neben mich. Seufzend lehnte er sich an mich und wedelte freundlich, als ich seine langen, weichen Ohren zu streicheln begann.

„Dein Vater ist ein netter Mann“, sagte Nurit und legte den Stoff zurecht. Dann trat sie aufs Pedal der Nähmaschine, und sie fing an zu rattern. In einer unglaublichen Geschwindigkeit sauste der Stoff durchs Nurits Hände nach unten. „Ich hoffe, er war nicht böse, dass ich neulich so unangekündigt vor der Tür stand."

„Nee", sagte ich laut, um das Rattern zu übertönen. „Höchstens ein bisschen überrascht."

Nurit sah mit gerunzelter Stirn zu mir auf und ich grinste. „Also", sagte ich. „Er wollte ja auch sowieso mal Harry kennenlernen, und dann hat er gefragt, wie wir dich eigentlich kennengelernt haben und ob du verheiratet bist und so."

Nurit warf mir erneut einen kurzen Blick zu. „Aha", sagte sie. „Und was hast du gesagt?"

„Nee, hab ich gesagt. Stimmt doch, oder?", fragte ich zweifelnd. Ich sah mich um, als ob Nurit irgendwo im Zimmer vielleicht doch noch einen Ehemann versteckt hatte.

Nurit lächelte, drehte das Kostüm um, legte es neu ein und das Rattern ertönte erneut. „Keine Sorge, ja, das stimmt", sagte sie. „Ich bin nicht verheiratet. Das hat mich Herr Özlem, mein Nachbar, auch schon gefragt. Ich glaube, er sucht eine Frau für seinen Sohn." Sie kicherte.

„Bei dem hatte ich beim ersten Mal geklingelt", sagte ich. „Du hattest mir ja deinen Nachnamen nicht gesagt, und da dachte ich ... weil, du siehst ja ein bisschen türkisch aus, finde ich."

Nurit hielt inne, sah mich an und lachte auf. „Türkisch! Nein, da liegst du vollkommen falsch. Türkisch bin ich kein Stück. Aber ich bin tatsächlich nicht in Deutschland geboren, sondern in einem Land, das noch weiter weg liegt als die Türkei. Nämlich in Israel", sagte sie.

„Echt? In Israel?", fragte ich erstaunt. „Da wohnen doch Juden, oder?"

„Genau", sagte Nurit.

„Also bist du auch Jüdin?"

Nurit nickte und nähte noch eine kurze Naht. „Ja, genau. Aber meine Verwandtschaft kommt ursprünglich aus Deutschland, jedenfalls die, die die Nazizeit überlebt hat. Davon hast du vielleicht in der Schule gehört?"

„Ja klar", sagte ich. „Das war die Zeit mit Hitler und so. Als so viele Juden umgebracht worden sind, nur weil sie Juden waren. Und Schwule oder Sinti und Roma und so auch."

Nurits Miene verfinsterte sich für einen Moment, aber dann nickte sie wieder. „Ja, das waren schlimme Zeiten hier in Deutschland, vor allem für uns Juden. Meine Großeltern wollten auch nie wieder einen Fuß nach Deutschland setzen. Aber ich war mal auf Schüleraustausch hier.

Das hat mir so gut gefallen, dass ich nach dem Abitur hierhergezogen bin. Und ich habe es nicht bereut!"

„Cool", sagte ich. „Ich kenn sonst gar keine Juden. Nur Araber und Türken und so. Aber du bist meine erste Jüdin!"

Nurit musste lachen, dann zog sie das Kostüm unter dem Nähmaschinenfuß weg und hielt es hoch, um es mit zusammengekniffenen Augen zu mustern. „Hier, probier mal an." Sie warf es mir zu, aber es landete genau in Harrys Maul, der prompt damit vom Sofa sprang.

„Harry, bleib hier", rief ich. Nurit bekam Harry, der, das Kostüm im Maul, fröhlich an ihr vorbeirannte, zu fassen und wand es ihm vorsichtig aus dem Maul. „So, zweiter Versuch." Sie warf es mir erneut zu, und diesmal fing ich das Kostüm, stand auf und streifte es mir über.

„Wow, das passt ja wie angegossen", staunte ich. Nurit ging einmal um mich herum und nickte dann.

„Ja, sitzt gut. Das kann so bleiben", sagte sie. „Zieh es ruhig wieder aus, aber vorsichtig, die Nadeln sind noch drin!" Sie nahm es mir wieder ab, nachdem ich es mir über den Kopf gestreift hatte, und setzte sich hin, um die Fäden abzuschneiden. Harry hopste neben mich aufs Sofa. „Wo lebt denn eure Mutter eigentlich?", fragte Nurit, während sie die Nadeln entfernte.

„Keine Ahnung“, sagte ich. „Papa meint ja, sie ist in Indien oder Australien oder so. Sie ist weggegangen, als Mika und ich ungefähr ein Jahr alt waren“, erklärte ich. „Aber Papa ist sich sicher, dass sie noch lebt. Sonst würde er Bescheid kriegen. Sie sind nämlich noch verheiratet, die beiden.“

„Soso“, sagte Nurit und legte die Nadeln in das kleine Kästchen zurück, aus dem sie sie vorher genommen hatte. „Und vermisst du deine Mutter manchmal?“

Schon das zweite Mal an einem Tag, dass ich danach gefragt wurde. Sonst redete ich eigentlich nie über Mama, und dann gleich zweimal hintereinander. Aber diesmal war ich die Frage irgendwie schon gewohnt, deshalb schüttelte ich nur knapp den Kopf. „Nee, bestimmt nicht“, sagte ich. „Aber wenn ich achtzehn bin, dann fahre ich nach Indien und Australien und suche sie. Und ich wette, ich finde sie auch!“

Nurit lächelte mich an. „Warum soll man denn aber jemanden suchen, den man gar nicht vermisst?“, fragte sie leise und betrachtete mich genau.

Mist, damit hatte sie irgendwie recht! Ich spürte, wie ich rot anlief. Nurit sah mich immer noch an und langsam wurde mir unbehaglich. „Ich glaube, ich muss jetzt mal los“, sagte ich und sprang hastig auf. Harry, der sich gemütlich an meiner Seite zusammengerollt hatte, sah mich verdutzt an und sprang dann ebenfalls vom Sofa.

Nurit reichte mir das Kostüm. „Hier, bitte schön."

„Danke schön, Nurit!" Ich stopfte es in meinen Rucksack, ohne Nurit anzusehen. Im selben Moment klingelte es und Harry bellte auf.

„Oh, mein Besuch", sagte Nurit. Gemeinsam gingen wir in den Flur, wo Nurit auf den Türöffner drückte. „Sag mal, Milla, wann genau ist denn der Tag der offenen Tür in eurer Tanzschule?"

„Am Samstag ab drei", sagte ich. „Ich bin um Viertel nach drei dran und Mika um halb vier. Aber wir holen Harry ja noch mal vorher ab, am Donnerstag. Geht das da auch etwas früher als letztes Mal? Um kurz vor fünf? Da würde Mika Harry dann aber allein abholen, und wir treffen uns dann bei der Schule, weil ich ... weil ich vorher noch was zu erledigen hab."

Nurit nickte und öffnete die Tür. „Ja, das geht. Bis dahin also, Milla." Sie lächelte mir zu.

„Tschüss." Ich tätschelte Harry noch mal den Kopf, dann sprang ich die Treppe hinunter.

Auf halbem Wege kam mir ein sehr nett aussehender Mann mit einem großen Rucksack über der Schulter entgegen, der mir freundlich zunickte. Er hatte dunkle Haare und noch dunklere Augen und war ungefähr in Nurits Alter, schätzte ich. Bestimmt Nurits Besuch!

Irgendwie sah er türkisch aus, fand ich. Aber vielleicht war er ja auch Araber. Oder aus Israel. Oder einfach ein dunkelhaariger, dunkeläugiger Deutscher.

„Los jetzt, Milla, den rechten Fuß vor, das Bein ganz gerade und dann strecken. Hoch! Die Arme höher, du siehst ja aus wie ein Flitzebogen."

Ich versuchte, mich noch weiter zu strecken, aber mir taten schon voll die Arme weh.

„Höher", rief Mika. „Und den Fuß vorne lassen!"

Ohne hinzusehen, schob ich den rechten Fuß weiter nach vorn, während ich mich gleichzeitig noch weiter nach oben zu strecken versuchte. Im nächsten Moment verlor ich das Gleichgewicht, kippte nach hinten und griff noch im Fallen nach der Stuhllehne. Es gab einen ohrenbetäubenden Rums, dann saß ich auf dem Hintern, direkt neben dem umgefallenen Stuhl.

Mika hielt sich die Hand vor den Mund. „Oh, Mann", rief er, während er mühsam versuchte, sich das Lachen zu verkneifen. „Das sah aber nicht gerade elegant aus!"

„Jaja", knurrte ich, während ich mich aufrappelte. „Du

hast ja gut reden. Wie soll man solche komischen Verrenkungen auch hinkriegen? Das ist die reinste Folter!"

Mika grinste und verschränkte die Arme vor der Brust. „Tja, Ballett ist eben was anderes als nur so ein bisschen Hüpfen und Hopsen wie beim Hip-Hop", sagte er zufrieden.

„Ach, du hast doch überhaupt keine Ahnung!" Ich ließ mich auf mein Bett fallen. Mir taten nicht nur die Arme weh, sondern auch der Rücken. Und der Hintern sowieso! Ballett war wirklich superanstrengend.

Mika ließ sich neben mich plumpsen. „Wir müssen noch ein bisschen mehr üben, sonst klappt das alles nie."

„Ach, das klappt schon", sagte ich, auch wenn ich mir selbst nicht so ganz sicher war. „Wie spät ist es?"

„Fast sieben", sagte Mika nach einem Blick auf seine Armbanduhr. „Papa kommt gleich."

„Lass uns eben noch mal unseren Plan B durchgehen." Ich verschränkte die Arme hinter dem Kopf, aber dann nahm ich sie gleich wieder herunter. Sie taten einfach zu weh.

„Also, ich gehe ganz normal um vier zum Hip-Hop", begann ich, aber Mika fiel mir aufgeregt ins Wort.

„Und ich hole in der Zwischenzeit Harry und komme mit ihm um kurz vor fünf zur Tanzschule."

Ich nickte. „Und wenn Jette auftaucht, komm ich in meinem Kostüm raus und sag ihr, dass ich noch eine Viertelstunde nachproben muss und dass du so lange schon mal mit ihr und Harry eine Runde drehst. Und dann geh ich wieder rein, setz meine Kapuze auf und vertrete dich!"

„Ist klar", sagte Mika aufgeregt. „Aber wenn Dragana Lunte riecht? Das darf auf keinen Fall auffliegen, sonst kann ich mich nie wieder dort blicken lassen!"

„Ach was, das schaff ich schon", sagte ich zuversichtlich. „Ist doch nur eine Viertelstunde. Dann sag ich, dass ich aufs Klo muss, renn raus, und dann tauschen wir schnell – du machst dann weiter beim Ballett, und ich gehe mit Jette spazieren und hole dich hinterher ab." Zufrieden lehnte ich mich zurück. Ich war echt stolz auf meinen ausgeklügelten Plan B. Mika konnte froh sein, eine Zwillingsschwester mit einem solch scharfen Verstand zu haben!

„Wenn das mal bloß klappt", sagte Mika nervös.

„Klar, warum denn nicht? Wir haben doch total viel geübt. Diese lumpige Viertelstunde, die werde ich ja wohl schaffen. Hauptsache, du kriegst bei Jette die Zähne dann auseinander!"

Mika ließ den Kopf hängen. „Aber das ist ja das

Problem", murmelte er. „Ich weiß nicht, was ich mit ihr reden soll!"

„He, das wirst du doch hinkriegen. Frag sie einfach, was sie für Hobbys hat. Und dann redest du was über Harry und über Hunde überhaupt und so."

„Ja", murmelte Mika und sah auf seine nackten Füße hinunter. „Ja, bestimmt." Er schwieg und ich streckte meine Arme vorsichtig aus. Der Schmerz ließ langsam nach.

„Mensch, Mika", sagte ich aufmunternd. „Wer nicht wagt, der nicht gewinnt, oder? Schließlich mach ich das alles nur für dich, damit du endlich mal mit Jette reden kannst. Nur für dich übe ich hier diese fiesen Folterverrenkungen."

„Nicht so ganz", sagte er. „Du machst das ja wohl auch für dich. Damit ich weiter mit dir und Harry spazieren gehe."

„Okay", gab ich zu. „Da hast du vielleicht ein klitzekleines bisschen recht. Aber nur vielleicht! Jedenfalls, jetzt musst du nur noch zusehen, dass Jette nicht davonrennt, wenn du den Mund aufmachst!"

„Sehr witzig!"

„Ach komm! Das Schlimmste, was passieren kann, ist doch, dass Jette dich hinterher doof findet", sagte ich.

„Na und? Dann findet sie dich eben doof. Ist doch auch egal!“

„Na ja, mir aber nicht“, sagte Mika. Aus dem Flur war das Geräusch eines sich im Schloss drehenden Schlüssels zu hören und dann ging die Wohnungstür auf.

„Kinder“, rief Papa. „Wo seid ihr? Euer alter Vater ist wieder zu Hause!“

„Wir kommen“, riefen Mika und ich im Chor zurück und setzten uns gleichzeitig auf. Ich gab Mika einen aufmunternden Klaps auf die Schulter.

„Also los! So schlimm kann es doch gar nicht werden“, sagte ich. „Ist doch nur ein kleiner Spaziergang. Das bekommst du schon hin. Und du hast ja auch noch drei Tage Zeit.“

Mika seufzte. „Oh Gott, nur noch drei Tage?“

9

PLAN B KOMMT ZUM EINSATZ

Die drei Tage gingen allerdings ziemlich schnell rum. Unter Mikas Anleitung machte ich jeden Tag eine halbe Stunde Ballettübungen und im Gegenzug probte er mit mir seine Redekünste. Ein paarmal mussten wir dabei so lachen, dass Papa nachsehen kam, was in unserem Zimmer los war, aber Mika und ich taten dann jedes Mal so geheimnisvoll, dass er kopfschüttelnd wieder abzog.

Und dann war der Donnerstag auch schon da! Als ich mich von Mika vor der Hip-Hop-Stunde verabschiedete, sah er ganz bleich aus vor Aufregung. Da nahm ich ihn aufmunternd in die Arme.

„Das schaffst du! Bis nachher!"

„Bis nachher", nickte Mika und winkte mir nach.

Irgendwie war ich aber auch aufgeregt, denn beim Hip-Hop vergeigte ich zum ersten Mal den Backspin, den ich sonst immer so perfekt hinbekam. Und dann verpasste ich gleich zweimal hintereinander meinen Einsatz. Johns Blicke waren wie kleine Giftpfeile bei jedem meiner Fehler.

Aber als wir dann unsere Kostüme anzogen, um die letzte halbe Stunde darin zu proben, da hatte ich mich wieder im Griff.

Als die Stunde schließlich vorbei war, holte ich nur meinen Rucksack aus der Umkleide und marschierte schnurstracks wieder hinaus. An der Tür sah Jackie mich mit großen Augen an.

„Hä, ziehst du dich heute gar nicht um, oder was?"

„Nö", sagte ich und warf mir meinen Rucksack über die Schulter. „Ich finde mein Kostüm jetzt so toll, dass ich es überhaupt nicht mehr ausziehen will!"

Jackie zeigte mir grinsend einen Vogel und winkte zum Abschied. „Du spinnst. Bis Samstag."

„Bis Samstag."

Ich ging zur Toilette hinüber und wartete, bis der Umkleideraum leer war, dann schlich ich mich zum Ausgang. An der Tür flitzte Tom an mir vorbei.

„Milla! Mähähähäh!" Er kicherte und machte einen

albernen Bocksprung, aber ich streckte ihm nur die Zunge raus und sah vorsichtig nach rechts und links.

Von Jette war nichts zu sehen. Von Mika und Harry allerdings auch nicht!

Mist!

„Milla! Huhu!“ Ich drehte mich um. Mika kam winkend auf mich zugelaufen, mit Harry an der Leine. Als Harry mich sah, legte er noch einen Zahn zu und sprang dann fröhlich an mir hoch, als er mich erreicht hatte. Ich begrüßte ihn ausgiebig, und als ich wieder aufsah, entdeckte ich, dass Mika stocksteif dastand und rot angelaufen war.

„Hi, Milla!“

Ich fuhr herum. Jette stand vor mir, die Fäuste in die Hüften gestemmt.

„Wow“, sagte sie und lächelte erst mich und dann Mika an. „Cooles Kostüm, Milla! Aber willst du damit etwa spazieren gehen?“

„Nein, wir haben noch eine Nachprobe“, sagte ich und grinste schief. „Tut mir leid, das dauert noch ein bisschen, bis ich mit dir gehen kann. Aber ...“

Doch Jette ließ mich nicht ausreden. „Kann ich da nicht zugucken?“, fragte sie begeistert und pustete sich eine kurze Strähne aus der Stirn. „Das wollte ich doch sowieso gern.“

„Äh, nee, das ... das geht leider nicht! Bei den Proben sind keine Zuschauer erlaubt“, sagte ich rasch. „Die sind geheim!“

„Und jetzt soll ich also hier draußen warten, oder was?“, fragte Jette mit gerunzelter Stirn. Sie trat beiseite, als ein Schwung Mädchen an uns vorbeilief. Ein paar von ihnen kannte ich vom Sehen, sie waren bei Mika im Ballettkurs.

„Hi, Mika, kommst du?“, rief eine von ihnen ihm zu und Mika lief puterrot an.

„Ja, gleich“, stotterte er und sah zu Boden.

Aber zum Glück hatte Jette nichts mitbekommen. „Oder soll ich allein mit dem Hund gehen?“, schlug sie vor und streichelte Harry, der sich jetzt an ihre Beine schmiegte, liebevoll über die großen flauschigen Ohren.

Ich schüttelte schnell den Kopf. „Nein, aber vielleicht gehst du mit Mika zusammen eine Runde mit Harry und dann holt ihr mich hier wieder ab? Wär das okay?“ Ich sah Mika und dann Jette fragend an, dann tat ich so, als wenn ich auf meine Uhr guckte. Ich hatte zwar gar keine um, aber das konnte man ja nicht sehen, weil die Ärmel des Kostüms so lang waren. „Oh, ich muss wieder rein, also bis dann.“ Ich winkte kurz, drehte mich einfach um und rannte wieder in die Schule zurück.

„He, warte mal, Milla …“, rief Jette, aber ich zog schnell die Tür hinter mir zu. Jetzt musste Mika allein zusehen, wie er klarkam.

Ich allerdings auch. Eine Viertelstunde zumindest.

Rasch sah ich mich um, dann setzte ich mir die Schafskapuze auf, die mein gesamtes Gesicht verdeckte, und atmete tief durch. Ein paar von den Mädchen aus Mikas Gruppe kamen kichernd in ihren Kostümen aus der Umkleidekabine gelaufen. Die meisten von ihnen waren als Enten und Pferde verkleidet, aber einige stellten auch Hasen dar. Als Schaf war allerdings außer mir niemand sonst verkleidet, soweit ich sehen konnte.

„Mika, du Schaf“, rief eines der Mädchen vergnügt. „Steh doch nicht rum, sonst bekommt Dragana wieder einen Anfall.“

„Okay“, brummte ich. Meine Stimme war durch den Stoff der Kapuze hindurch sicher kaum zu verstehen, also musste ich mich nicht groß anstrengen, um sie zu verstellen.

Ich ging mit schnellen Schritten zur Jungenumkleide und stieß die Tür auf. Der Raum war leer und ich pfefferte meinen Rucksack gleich in die Ecke bei der Tür und lief dann zum Ballettsaal hinüber.

Am Eingang holte ich tief Luft, dann trat ich ein.

Die meisten Mädchen standen zusammen in einer Ecke, zwei andere übten Spagat vor dem großen Spiegel, und ein Junge mit dunklen Locken und dunkler Haut, der ein Hundekostüm anhatte, stand am Klavier und sprach mit einer streng aussehenden Frau, deren Haare zu einem kleinen Dutt zusammengesteckt waren.

Das war Dragana, Mikas Ballettlehrerin! Und der Junge musste David sein, neben Mika der einzige andere Junge in der Balletttruppe.

Dragana blickte auf, entdeckte mich und klatschte in die Hände. „Da bist du ja, Mika. Mach bitte die Tür zu, es geht los." Sie klatschte erneut in die Hände, dann scheuchte sie die Mädchen in die Mitte des Saales. „Willkommen, meine Lieben. Nun geht es zur letzten Probe vor unserer Aufführung am Samstag. Deshalb bitte höchste Konzentration!"

Die Mädchen bildeten einen Kreis und ich ging vorsichtig hinüber und stellte mich dazu. David kam zu mir herüber.

„Bist du irre? Das wird doch viel zu heiß unter der Kapuze!"

Ich zuckte mit den Schultern, aber Dragana richtete ihren scharfen Blick auf mich.

„Mika, du kannst die Kapuze beim Aufwärmen ruhig

noch unten lassen", sagte sie und stemmte die Hände in die Seiten.

„Nee, ist schon okay", murmelte ich.

„Wie bitte?", rief sie streng.

Ich winkte ab und hob einen Daumen, und Dragana schüttelte den Kopf.

„Na gut, wie du willst. Aber wir machen keine Extrapause, damit du sie dann später noch abnehmen kannst."

Ich räusperte mich. „Nee, nee, das geht schon."

Dragana nickte. Dann glitt ihr Blick an mir herunter und ihre Miene verfinsterte sich. „Was soll das denn, Mika? Seit wann tragen wir Turnschuhe? Wo sind deine Schläppchen?"

Siedend heiß lief es mir den Rücken hinunter. Um Himmels willen, daran hatte ich überhaupt nicht gedacht! „Oh, die hab ich leider vergessen."

Ein paar von den Mädchen kicherten. Dragana kam direkt auf mich zu.

„Vergessen? Schon wieder?"

Ich senkte den Kopf. „Ja, leider. Tut mir leid", murmelte ich.

„Mika", sagte Dragana. „Das kann ja wohl nicht wahr sein! Jedes Mal, aber auch wirklich jedes Mal vergisst du etwas!"

„Sorry“, sagte ich und blickte vorsichtig hoch. Dragana guckte so böse, dass mir ganz mulmig zumute wurde. Auf ihrer Stirn war eine steile Falte zu sehen, genau in der Mitte.

Ein paar Sekunden lang starrte sie mich bitterböse an, dann nickte sie zu meinen Füßen hinunter. „Schuhe aus, und dann tanzt du heute eben barfuß“, sagte sie und wedelte mit einer Hand. „Los, beeil dich, wir wollen beginnen.“

Ich lief zur Wand, streifte meine Schuhe und Socken ab und rannte wieder zurück auf meine Position. Mir war bereits jetzt schrecklich heiß in meinem Kostüm, besonders unter der dicken Kapuze. Irgendwie musste ich die Sache jetzt hinter mich bringen. Hoffentlich hatte das tägliche Üben mit Mika wirklich genützt. Ich warf rasch einen Blick auf die Uhr über der Tür. Noch zwölf Minuten.

„Also los, wir wärmen uns auf“, rief Dragana und drehte sich herum, wobei sie mit den Händen einen Kreis beschrieb. „Und los, im Pferdegalopp. Allez-hopp! Und hopp und hopp und hopp!“

Die anderen drehten sich nach rechts und setzten sich in Bewegung, und ich beeilte mich, es ihnen gleichzutun. Leider war ich zu spät dran und rempelte volle Kanne gegen das Mädchen, das vor mir lief.

„He, pass doch auf“, rief sie, und ich murmelte eine Entschuldigung. David stieß mich von hinten an.

„Weiter, Mika!“

„Jaja.“ Ich machte einen Hopser vorwärts, dann noch einen, aber meine Kapuze verrutschte mir dabei, sodass ich für einen Moment lang nichts mehr sah. Im nächsten Moment prallte ich erneut gegen das Mädchen vor mir, und diesmal blieb sie verärgert stehen und schubste mich zurück.

„Mann, Mika, kannst du nicht aufpassen?“

„Was ist denn da los?“ Draganas scharfen Augen war mein Missgeschick natürlich nicht entgangen. „Mika, bitte im Takt, ja?“

„Hmm“, brummte ich und bemühte mich, im Rhythmus der anderen weiterzulaufen. Ich guckte genau hin, wann sie welches Bein hoben, aber mit meiner dicken Kapuze war es gar nicht so einfach, Schritt zu halten. Außerdem schwitzte ich mittlerweile wie verrückt unter dem dicken Stoff und nach ein paar Minuten begann ich zu keuchen.

„Hopp und hopp! Allez-hopp!“ Dragana klatschte in die Hände. „Schneller! Laura, Lara, ein bisschen schneller bitte! Und Mika, die Füße höher. Du schlurfst ja fast auf dem Boden. Und hoch und hoch und hoch!“

Ich biss die Zähne zusammen und hob die Knie noch

höher, bis ich das Gefühl hatte, gleich umfallen zu müssen. War das anstrengend, puh! Und wir waren ja gerade erst mal beim Aufwärmen!

„Höher, Mika. Und im Takt bleiben. Hopp und hopp!"

Es schien eine Ewigkeit zu dauern, bis sie in die Hände klatschte und die Hände ausbreitete. „So, gut, das genügt. Verteilt euch im Raum. Und jetzt bitte in die erste Position."

Ich verschnaufte einen Moment, indem ich die Hände auf die Knie stützte, aber als Dragana mich wieder mit dieser steilen Falte mitten auf der Stirn anstarrte, kam ich lieber wieder schnell hoch. Die anderen hatten sich inzwischen überall im Raum verteilt und aufrecht hingestellt. Ich stellte mich ebenfalls gerade hin, aber Dragana schüttelte den Kopf.

„Mika, hast du nicht gehört? Die erste Position, bitte?"

Die erste Position, das hatte ich mit Mika ja täglich geübt: Füße an den Hacken zusammen, vorn auseinander, gerade stehen und die Hände in Bauchhöhe so halten, als wenn man eine Schale trägt. Zur Sicherheit allerdings lugte ich schnell zu David hinüber. Er hatte die Hände vor dem Bauch zusammengeführt und trug einen fast heiligen Ausdruck im Gesicht, und ich bemühte mich, es ihm gleichzutun. Obwohl Dragana mein Gesicht ja nicht sehen konnte. Aber vielleicht half es ja irgendwie, wenn man so guckte?

„Mika, deine Zehen", rief Dragana erbost, und ein paar von den Mädchen kicherten. „Was ist denn mit deinen Zehen los?"

Ich schielte auf meine Zehen hinunter. Die sahen doch ganz normal aus, oder?

„Flach auf den Boden!" Jetzt schrie Dragana fast. Ich spürte, wie mir der Schweiß den Nacken hinunterlief, als ich ihrem Befehl gehorchte.

Mika, der Blödmann! Dass es so streng hier zuging, hätte er mir ja auch vorher mal verraten können. Beim Hip-Hop war es schließlich egal, wie ich meine Zehen hielt. Allerdings steckten sie da ja auch in den Turnschuhen.

Nee, Ballett war echt nichts für mich.

Ich warf wieder einen Blick zur Uhr. Gerade mal acht Minuten nach fünf!

Dragana klatschte erneut in die Hände. „Die zweite Position bitte!"

Ich täuschte einen kleinen Hustenanfall vor, damit ich mir erst angucken konnte, was die anderen jetzt wieder machten. Jetzt ging es darum, die Füße auseinanderzustellen, und ich beeilte mich damit.

Aber Dragana war wieder nicht zufrieden. „Mika", kreischte Dragana. „Die Füße auswärts drehen. Das weißt du doch!"

David, der neben mir stand, warf mir einen komischen Blick zu, dann schüttelte er den Kopf. „Alles okay mit dir?", fragte er, als wir kurz danach wieder im Kreis laufen sollten.

„Ich weiß nicht genau", murmelte ich. „Mir ist irgendwie komisch!"

„Schneller", rief Dragana, und ich keuchte vorwärts. Hilfe noch mal, war das anstrengend!

Dragana jagte uns fünf oder sechs weitere Runden im Kreis, dann bedeutete sie uns, stehen zu bleiben.

Mein Herz hämmerte und ich bekam kaum noch Luft unter meiner dicken Kapuze. War die Viertelstunde nicht schon bald rum? Ich schielte zur Uhr, aber meine Kapuze war mir im Wege.

„Und jetzt bitte den Spagat. Erst den Damen- und dann den Herrenspagat. Alle bitte", rief Dragana und nickte nachdrücklich.

Ich erstarrte. Spagat? Davon hatte Mika kein Sterbenswörtchen gesagt!

Dragana kam schnurstracks auf mich zu, während die anderen sich schon aufstellten. „Und los", rief sie und starrte mich durchdringend an. „Na, Mika, worauf wartest du?“

David an meiner rechten Seite spreizte die Beine auseinander und ließ sich im Zeitlupentempo nach unten gleiten, und die anderen Mädchen machten es ebenso wie er. Die meisten kamen sofort bis auf den Boden, unglaublich!

Ich stemmte die Beine auseinander, so weit es mir gelang, aber das war eben nicht gerade besonders weit. „Au“, jammerte ich, und Dragana runzelte die Stirn.

„Mika, was ist denn heute mit dir los? Vielleicht solltest du endlich mal die Kapuze absetzen“, rief sie, aber ich schüttelte den Kopf.

„Na dann, wie du willst. Also los, noch mal. Runter mit dir.“

Ich biss die Zähne zusammen und ließ mich erneut nach unten gleiten, aber bereits nach ein paar Zentimetern taten mir die Schenkel innen so weh, dass ich aufhören musste. „Autsch!“

Dragana stellte sich hinter mich, packte mich mit beiden Händen an der Taille und drückte mich mit sanftem Druck nach unten. „Weiter“, rief sie. „Du kannst das doch, das wissen wir. Los, weiter hinunter!“

„Aua“, schrie ich. „Mensch, das tut weh!“

Erschrocken ließ Dragana mich los, und prompt verlor ich das Gleichgewicht und kippte nach hinten. Für einen Moment hielt Dragana mich fest, dann verlor sie ebenfalls das Gleichgewicht und wir beide purzelten rücklings zu Boden.

Die anderen fingen an zu kichern, aber sie hörten gleich wieder damit auf, als Dragana sich mit hochrotem Kopf aufgerappelt hatte.

„Mika“, rief sie. „Das kann ja wohl nicht wahr sein! So ungeschickt bist du doch sonst ...“

Sie verstummte und starrte mich an, und erst jetzt wurde mir klar, dass meine Kapuze verrutscht war und einen Teil meines Gesichts freigegeben hatte.

„Mika?“, fragte Dragana erstaunt und ich sprang eilig auf.

„Ich glaube, mir ist heute nicht gut“, rief ich. „Und ... überhaupt, ich muss mal!“ Und dann flitzte ich auch schon zur Tür, griff mir meine Schuhe und rannte davon.

„Mika?!“, hörte ich Dragana noch hinter mir rufen, aber ich hielt nicht mehr an. Wie der Blitz schnappte ich mir im Umkleideraum meinen Rucksack und raste zur Tür. Aber gerade als ich sie aufziehen wollte, wurde sie von außen aufgestoßen und nur um ein Haar konnte ich einen Zusammenprall vermeiden. Und zwar mit Mika!

„Mika", rief ich. „Los, schnell weg hier!"

Er starrte mich bloß mit aufgerissenen Augen an. „Sie sind weg!", schrie er, während ich ihn zur Tür hinausschob.

„Wer?", fragte ich und drückte die Tür hinter uns zu.

„Jette und Harry!", rief Mika verzweifelt. „Sie sind einfach verschwunden!"

Erst hinter der nächsten Straßenecke hatte Mika sich so weit beruhigt, dass er mir erzählen konnte, was passiert war. „Ich bin nur ganz kurz aufs Klo gegangen!", rief er aufgeregt. „Wirklich nur ganz kurz. Und als ich wieder rauskam, waren die beiden weg!"

Ich starrte ihn an und warf meine Schafskapuze ganz nach hinten. Puh, endlich bekam ich wieder richtig Luft! „Wie, du warst auf Toilette?", fragte ich und zog schnell meine Socken und Schuhe an, die ich immer noch in der Hand gehalten hatte. „Du gehst eine Viertelstunde mit Jette spazieren und musst schon aufs Klo?"

Mika steckte unglücklich die Hände in die Hosentaschen. „Ich musste einfach so doll", sagte er. „Vor Aufregung oder so. Jedenfalls, als ich wieder rauskam, waren sie weg!"

„Und ... und wo warst du auf dem Klo?", fragte ich.

„Na, in der Kneipe bei uns an der Ecke."

Also an der übernächsten Straßenecke sozusagen. Besonders weit waren sie also nicht gekommen! „Und hast du überall gesucht?", fragte ich, während ich fieberhaft überlegte. Mika sah mich böse an.

„Na logisch! Was denkst du denn? Ich bin rechtsrum gerannt und linksrum, aber Pustekuchen!"

Eine Mutter mit einem Kleinkind an der Hand ging an uns vorbei, und das Kind starrte mich an und blieb stehen. „Mama! Kuh!", rief es.

„Das ist keine Kuh, das ist ein Schaf", sagte die Mutter und zog das Kind weiter.

„Mann, Nurit dreht durch", sagte ich und sah mich nach allen Seiten um. „Mist! Los, wir suchen noch mal!" Ich setzte mich in Bewegung, und Mika trabte unglücklich neben mir her, wobei er auch in alle Richtungen Ausschau hielt.

„So ein Mist", jammerte er. „Das ist echt nicht zu glauben."

„Hast du denn vorher was mit ihr geredet, oder wie?", fragte ich, bevor wir die Straße überquerten. Die Eckkneipe war schon in Sicht, aber von Jette und Harry weit und breit keine Spur.

„Ein bisschen", sagte Mika kläglich. „Aber eigentlich

nur ... Eigentlich hab ich sie nur gefragt, ob sie mal Harry halten will. Und sie hat Ja gesagt und gefragt, ob ich eine Uhr hätte, damit wir rechtzeitig wieder zurück sind, wenn du fertig bist." Er seufzte. „War nicht so'n richtiger Erfolg. Aber ... he, sind sie das nicht?" Er deutete nach vorn, wo eben ein Hund um die Ecke gebogen war, gefolgt von seinem Frauchen.

„Mika, brauchst du eine Brille, oder was? Das ist doch ein Dackel mit einer Oma!" Ich schüttelte den Kopf. „Los, komm, beeil dich!"

An der Eckkneipe blieben wir stehen und sahen uns um. Ein paar von den Stammgästen saßen draußen und unterhielten sich, und als sie mich sahen, fingen sie an zu grinsen. „Mäh", rief der eine, ein ziemlich alter Herr mit einer Halbglatze. „Na, du siehst aber lustig aus. Habt ihr was verloren, oder wat is mit euch los?"

„Wir suchen ein Mädchen mit einem Hund", sagte ich. „So ein süßer Hund mit hellem Puschelfell und langen Ohren."

„Na, den kenn ich doch", sagte der alte Herr, und sein Tischnachbar, ein etwas jüngerer Mann mit einer Zigarette im Mundwinkel, nickte dazu.

„Klar, das ist doch der neue Nachbarshund! Harry, wat?"

„Genau!", rief Mika aufgeregt. „Haben Sie den vielleicht gerade noch gesehen?"

„Ja, mein Kleiner, und zwar mit dir und deiner hübschen kleinen Freundin", sagte der Jüngere. „Süßes Mädel hast du dir da angelacht!"

Mika lief knallrot an, aber bevor er etwas sagen konnte, griff ich ein.

„Und danach? Haben Sie die beiden noch mal gesehen, ohne Mika?"

Der Ältere lehnte sich zurück und nickte ernst. „Jawoll, hab ick. Ihr seid mir mal zwee beede! Erst zerrt der Hund die Kleene da runter", er zeigte nach links über seine Schulter, „und dann kommst du rausgeschossen, Jungchen, und rennst da runter!" Er wies nach rechts. „Und denn kommt die Kleene wieder mit dem Wuffi zurück und fragt, wo du abjeblieben bist, und dann geht sie dir hinterher und du kommst uff eenmal wieder hier langmarschiert. Ihr wisst ja wohl ooch nicht, wat ihr wollt!"

Mika und ich starrten uns an. „Doch", sagte ich. „Wir wollen sie wiederfinden. Und den Hund auch."

„Na, denn mal ab die Post", lachte der Ältere und deutete mit dem Daumen erneut über seine Schulter nach links. „Da isse zuletzt runter!"

Mika wollte lossausen, aber ich hielt ihn zurück. „Du läufst da runter und ich in die andere Richtung, einmal um den Block. Wir treffen uns unten an der Ecke, okay?“

Mika nickte und flitzte los.

„Na, der hat's aber eilig“, sagte der ältere Herr schmunzelnd. „Tja, die Liebe, die Liebe!“

„Danke für den Tipp“, rief ich und lief ebenfalls los, aber in die andere Richtung.

Eine Menge Leute grinsten, als ich an ihnen vorüberlief, aber Jette war leider nicht darunter. Und Harry erst recht nicht! Ich rannte am Computerladen vorbei und an der Nageltrulla und Nurits Haus und dann unserem eigenen, und im Laufen guckte ich in jede Toreinfahrt und jede offen stehende Haustür, aber ohne Erfolg. Von Jette und Harry war weit und breit nichts zu sehen.

„Mähähäh“, rief eine Stimme. „He, du Schaf!“

Kai und Ole aus dem Nachbarhaus standen vor mir und grinsten breit. Ich wollte schon eine gepfefferte Antwort geben, aber dann ging ich in die Bremsen.

„He, habt ihr den Hund gesehen? Also, den Hund, den mein Bruder und ich sonst manchmal dabeihaben? Mit einem blonden Mädchen an der Leine, mit so kurzen Haaren?“ Ich deutete Jettes Frisur an, und Kai und Ole guckten sich fragend an.

„Hä, wieso?“

„Weil ich das wissen will!“, rief ich barsch, und Ole sah mich eingeschüchtert an.

„Äh, die ist doch … die ist doch bei euch ins Haus gegangen, oder so“, sagte er leise.

„Verscheißern kann ich mich alleine“, rief ich verärgert und rannte schnell weiter, an zwei alten Damen vorbei, die mich verdutzt anstarrten.

Mika kam mir an der nächsten Straßenecke mit hängenden Schultern entgegen. „Hier ist sie nicht“, rief er achselzuckend, und ich blieb stehen und stützte keuchend die Hände auf die Knie. Dann blickte ich auf.

„Ist das nicht das Haus, wo wir sie schon zweimal getroffen haben? Wohnt hier nicht ihr Vater?“

„Keine Ahnung“, sagte er. Mika sah an der Fassade hoch. „Aber ja, hier hat sie immer ihr Fahrrad abgeschlossen!“ Er deutete auf die Hauswand, an der jetzt allerdings kein Fahrrad lehnte, weder Jettes noch irgendein anderes. Dann trat er zum Klingelschild und studierte es hastig. „Tja, aber wer könnte denn der Vater sein? Wie heißt Jette denn mit Nachnamen?“

„König!“, sagte ich.

„König steht hier nicht.“ Mika runzelte die Stirn. „Und was jetzt?“

Ich ging zum Klingelschild hinüber und drückte auf die nächstbeste Taste. Niemand meldete sich. Auch bei den nächsten fünf Klingelknöpfen kam keine Antwort, aber dann hörten wir die heisere Stimme eines Mannes.

„Ja?“, bellte er.

„Kennen Sie eventuell Jette König? Die ist zwölf Jahre alt und mittelblond. Ihr Papa wohnt, glaub ich, hier.“

„Nee“, sagte der Mann. „Und jetzt lasst mich mal bloß in Frieden, sonst komme ich runter und mache euch Beine!“

Ich verdrehte die Augen, warf Mika einen Blick zu und versuchte mein Glück bei der letzten Klingel. Einen Moment später antwortete die Stimme einer älteren Frau.

„Ja bitte?“

Ich wiederholte mein Sprüchlein, aber die Frau hatte noch nie von Jette König oder ihrem Vater gehört. „Vielleicht im Haus nebenan“, schlug sie vor. „Da wohnen zwar hauptsächlich so Ausländer, aber vielleicht gehört sie dazu?“

„Nein“, sagte ich. „Da gehört sie nicht dazu. Aber trotzdem danke.“

„Und jetzt?“, fragte Mika verzweifelt. „Hast du nicht ihre Handynummer?“

Ich schüttelte den Kopf. „Nee.“ Wo konnte sie bloß hingegangen sein? Ich versuchte, mich in sie hineinzuversetzen, aber es gelang mir nicht recht. Wo wäre ich denn hingegangen in ihrer Situation?

Nachdenklich sah ich auf meine Turnschuhe hinunter und dann, ganz plötzlich, kam mir die Erleuchtung. Na klar! Dass ich nicht gleich daran gedacht hatte!

„Mensch, die ist bestimmt bei der Tanzschule“, rief ich. „Schließlich hatten wir doch gesagt, dass wir uns da wieder nach einer Viertelstunde treffen!“

Mika heulte auf. „Stimmt“, rief er und gab sofort Gas. „Ich lauf schon mal vor!“

Ich ging etwas langsamer hinterher. Von Mika war nur noch eine Staubwolke zu sehen, aber kein Wunder – er hatte heute ja noch gar keinen Sport gemacht, während ich mich erst beim Hip-Hop und dann noch beim Ballett verausgabt hatte! Na ja, jedenfalls fast ...

Aber ich war gerade an der Kneipe bei uns an der Ecke angelangt, als Mika mir mit betrübter Miene auch schon wieder entgegenkam.

„Da ist sie auch nicht“, rief er traurig. „Aber Dragana kam gerade raus und ich musste mich schnell verstecken, damit sie mich nicht sieht. Wieso warst du vorhin eigentlich schon so früh wieder draußen? Ist was passiert?“

„Erzähl ich dir später“, sagte ich und blieb stehen. Die beiden Männer saßen nicht mehr vor der Kneipe, sondern ein paar Touristen, die mich lächelnd betrachteten. „Jetzt weiß ich echt nicht mehr weiter!“

„Ich auch nicht“, gab Mika zu. Wir sahen uns an. Dann blickte Mika auf seine Uhr. „Mist, es ist sechs! Hat sie nicht gesagt, sie hat nur bis sechs Zeit?“

Ich nickte. „Dann wollte sie zu ihrem Vater.“

„Von dem wir nicht wissen, wo er wohnt“, stellte Mika scharfsinnig fest.

Ich nickte erneut.

„Können wir das nicht irgendwie rauskriegen?“, fragte Mika hoffnungsvoll. „Ich meine, hast du nicht zu Hause eine Klassenliste mit Adressen und so?“

„Muss ich nachgucken“, sagte ich. „Aber weißt du, wenn es jetzt sechs ist ...“

Ich musste gar nicht weiterreden.

„Dann müssen wir Nurit Bescheid sagen“, murmelte er. „Oh Mann, Hilfe ...“

„Hilfe?“, fragte eine Stimme hinter uns, die wir beide sehr gut kannten. „Was ist denn los? Wofür braucht ihr Hilfe, Kinder?“

Wir fuhren beide herum. Papa stand hinter uns, in beiden Händen eine prall gefüllte Einkaufstasche. Einer-

seits war ich heilfroh, ihn zu sehen, aber andererseits ...
„Warum bist du denn schon da, Mika, ist das Tanzen heute ausgefallen?“, fragte Papa verwundert.

Mika lief dunkelrot an. „Nein ... Aber ...“ Er sah mich hilflos an, und Papa schüttelte den Kopf und sah mich stirnrunzelnd an.

„Milla, hat es einen bestimmten Grund, dass du im Schafskostüm auf der Straße rumrennst?“

Jetzt lief ich rot an. „Nein ... Aber ...“

Papa seufzte und setzte die Taschen ab. „Vielleicht klärt ihr mich mal darüber auf, was hier los ist?“, fragte er ruhig.

Ein kleines Mädchen an der Hand seiner Mutter lief an uns vorbei und verrenkte sich fast den Hals, um mich weiter anzustarren.

„Mäh“, machte ich, und das kleine Mädchen zuckte erschrocken zusammen und versteckte sich dann hinter seiner Mutter, um mir die Zunge rauszustrecken.

„Milla“, sagte Papa sanft. „Erzähl mal, was ist denn los?“

Ich sah Mika an und er zuckte mit den Schultern.
„Ach, wir haben ... uns ist was ganz Schlimmes passiert“, fing ich an und spürte, wie mir der Hals eng wurde. Dann gab ich mir einen Ruck. „Wir haben Harry verloren!“

„Ihr habt was?“, fragte Papa und runzelte die Stirn.

Mika ließ die Arme hängen. „Harry verloren“, murmelte er, und Papa sah ratlos von ihm zu mir.

„Jetzt reicht es aber! Los, raus mit der Sprache! Erzählt mal richtig!“, sagte er laut und da stiegen mir plötzlich die Tränen in die Augen.

„Wir haben Harry verloren! Und Jette! Die ist mit ihm weggegangen!“, sagte ich schluchzend.

„Ja, die ist einfach mit ihm weggegangen“, fügte Mika hinzu. „Dabei musste ich nur ganz kurz aufs Klo. Und Milla hat für mich getanzt, aber du darfst nicht böse sein, Papa, das war ja keine Absicht ...“

Jetzt fing Mika auch an zu schluchzen, und da seufzte Papa und legte die Arme um uns beide und drückte uns an sich. „Jetzt hört auf zu heulen und erzählt mal in Ruhe“, sagte er.

Irgendwie tat es gut, von Papa umarmt zu werden, auch wenn es natürlich ein bisschen peinlich war. Aber schließlich erzählten Mika und ich Papa ganz genau, was geschehen war. Eine ganze Menge Leute gingen an uns vorbei und starrten uns an, und ein paarmal hörte ich auch so etwas wie nachgemachtes Mähen, aber jetzt war es mir total egal. Als wir fertig berichtet hatten, blickte Papa uns mit hochgezogenen Brauen an.

„Und ihr habt alles abgesucht?“

Mika nickte schniefend und wischte sich über die Augen. „Alles“, flüsterte er.

„Dann bleibt nur eines: Nurit Bescheid geben und hoffen, dass sie vielleicht noch eine Idee hat“, sagte Papa und nickte mit dem Kopf in Richtung von Nurits Haus. „Los, am besten sofort!“

Wir setzten uns alle drei in Bewegung. Vor Nurits Haustür blieben Mika und ich unschlüssig stehen und sahen uns an. Keiner von uns wollte auf die Klingel drücken.

„Mach du“, sagte Mika, aber ich schüttelte den Kopf.

„Nee, du. Schließlich hast du Jette und Harry ja auch verloren.“

Mika murrte, aber das Argument zog, denn er drückte schließlich auf den Klingelknopf. „Vielleicht ist ja nur der Mann da von vorhin, als ich Harry abgeholt habe“, flüsterte er.

„Was für ein Mann?“, fragte Papa und stellte seine Taschen erneut ab.

Mika zuckte mit den Schultern. „So ein großer Dunkelhaariger. Er hat gesagt, Nurit müsse noch was erledigen, und dann hat er mir Harry mitgegeben.“

„Ach?“, sagte Papa mit gerunzelter Stirn, und dann sagte er erst mal nichts.

Nach einem Moment surrte es, und dann war Nurits Stimme zu hören. „Ja, hallo?"

Mika schwieg erschrocken.

„Los, sag was", drängte ich.

„Komm schon, Mika", befahl Papa streng.

„Äh ..." Mika zögerte.

„Hallo?", fragte Nurit aus der Anlage. „Wer ist denn da?"

„Mika und Milla", flüsterte Mika. „Also, ich wollte ... wir wollten Harry zurückbringen. Aber ..." Mika verstummte und sah hilflos zu Boden.

„Aber wir haben ihn ... also, Harry ist noch unterwegs", sprang ich schnell für ihn ein. „Also, er ist noch mit einer Freundin unterwegs ..."

Papa stöhnte und beugte sich vor. „Hallo Nurit, hier ist Millas und Mikas Vater. Können wir kurz hochkommen?"

„Das", sagte Nurit mit strenger Stimme, „halte ich für eine ausgesprochen gute Idee." Es klackte, dann ertönte der Summer.

„Oje", murmelte Mika. „Das klang aber nicht gerade freundlich."

Papa drückte die Tür auf und wedelte ungeduldig mit einer Hand, bevor er die Taschen wieder hochnahm. „Los, rein mit euch!"

Mika und ich schlichen förmlich vor Papa die Treppe hoch. Mir war total mulmig zumute und ich hatte echt Schiss davor, wie Nurit reagieren würde. Vor allem aber hatte ich Angst um Harry.

Wo in aller Welt war Jette bloß mit ihm hingelaufen?

Und warum?

Hoffentlich ging es ihm gut!

Nurit stand in der Tür, die Fäuste in die Seite gestemmt, und sah uns forschend entgegen. Auf ihrer Stirn war eine steile Falte zu sehen, aber sie sagte kein Wort. Stattdessen musterte sie uns mit scharfem Blick und nickte Papa ernst zu. Wir blieben alle drei stehen.

„Hallo, Nurit", sagte Papa und lächelte Nurit ebenso ernst an.

„Hallo", sagte Nurit, und ich hatte das Gefühl, dass ihr strenger Gesichtsausdruck für einen Moment ein wenig weicher wurde. Dann sah sie Mika und mich an. „Und ihr kommt also ohne meinen Harry hierher?"

Mika und ich ließen die Köpfe hängen.

„Kommt rein." Nurit trat zur Seite, wobei sie eine einladende Handbewegung machte.

Mika und ich trauten uns nicht, auch nur ein Wort von uns zu geben, während wir uns an ihr vorbeidrückten, aber Papa blieb stehen und reichte Nurit die Hand.

Nurit schloss die Tür hinter uns und drehte sich zu Mika und mir um. „Was ist passiert?“, fragte sie.

„Wir haben ... wir haben Harry einer Freundin kurz zum Halten gegeben“, sagte Mika leise. „Und dann ... dann bin ich kurz zur Toilette gegangen, und als ich rauskam, war sie weg!“

In diesem Moment hörte ich ein Geräusch, das mir ziemlich bekannt vorkam. Eine Art Jaulen, gefolgt von einem gedämpften Bellen. Ruckartig sah ich auf.

Mika sah ebenfalls hoch. „Das ... ist das ...?“

Einen Moment später kam ein helles, wuscheliges Fellknäul in den Flur gestürmt und sprang auf uns zu.

„Harry!“, schrien Mika und ich im Chor.

Harry sprang erst an mir und dann an Mika hoch und versuchte heftig wedelnd, uns über die Hände zu lecken.

„Harry!“ Ich bückte mich und streichelte ihn mit beiden Händen, und auch Mika hatte sich hingehockt, umarmte Harry und drückte ihn an sich. „Da bist du ja! Wo warst du denn?“

„Na, mit mir um die Ecke.“ Mika und ich sahen hoch. Neben Nurit stand auf einmal Jette, ein breites Grinsen im Gesicht. „Harry musste ganz dringend um die Ecke, und als wir zurückkamen, war Mika nicht mehr da!“ Sie zuckte mit den Schultern. „Ich hab drinnen nachgeguckt und dann rechts und links, und dann bin ich sogar zur Tanzschule zurück, aber da war keiner mehr. Ich war auch extra im Hip-Hop-Saal, aber da waren nur welche, die Ballett getanzt haben, lauter Mädchen in Kostümen, voll albern." Sie kicherte, und Mika lief rot an.

Aber er sagte nichts, sondern drückte sein Gesicht fest in Harrys Fell.

Nurit schüttelte den Kopf. „Kinder, Kinder", sagte sie. „So war das aber nicht ausgemacht, nicht wahr?"

Jetzt spürte ich, dass ich ebenfalls rot anlief. „Tut uns leid", sagte ich schnell. „Wir haben ..." Ich stand auf und zuckte mit den Schultern. „Wir hatten das so nicht geplant, das war ..." Ich verstummte, denn irgendwie fühlte ich mich nicht gerade wohl. Es war halb gelogen, aber auch irgendwie halb wahr. Schließlich hatten wir das Ganze ja tatsächlich geplant, aber eben nur den Anfang. Und dann war es ja anders gekommen.

„Gut finde ich das nicht", sagte Nurit streng. „Wenn ich euch beiden Harry überlasse, dann möchte ich auch, dass ihr gut auf ihn aufpasst. Und das habt ihr nicht", stellte sie fest.

„Nein, haben wir nicht", sagte ich und stupste Mika in den Rücken, damit er endlich aufhörte, sein Gesicht in

Harrys Fell zu vergraben. Mika rappelte sich auf und stellte sich neben mich. Aber er guckte weder mich noch Jette noch Nurit an, sondern verlegen zu Boden. Ich stupste ihn wieder an und er zuckte mit den Schultern.

„'tschuldigung", murmelte er. „Kommt nicht wieder vor."

„Nein, das ist klar", sagte Nurit. „Denn ich kann euch so Harry natürlich nicht mehr anvertrauen."

„Oh!", sagte Jette erschrocken. „Oh, das ... das ist doch eigentlich meine Schuld gewesen, ich bin ja weggegangen! Bitte machen Sie das nicht, da sind die beiden so traurig!"

Jette war echt in Ordnung!

Aber bei Nurit fruchtete ihr Versuch nicht, denn sie schüttelte den Kopf. „Nein", sagte sie. „Du bist nicht verantwortlich, sondern Milla und Mika, denn ihnen habe ich Harry mitgegeben und nicht dir."

Wo sie recht hatte, hatte sie recht! Aber trotzdem ... Ich warf Papa einen flehenden Blick zu, doch der guckte Nurit an, mit einem sehr merkwürdigen Ausdruck. Der sich in diesem Augenblick noch vertiefte, denn jetzt trat noch jemand in den engen Flur, und zwar ein Mann! Der große, dunkelhaarige Mann, dem ich neulich schon auf der Treppe begegnet war. Nurits Besuch!

„Oh“, sagte er und musterte uns alle der Reihe nach. „Ein Volksauflauf! Mit einem Schaf!“ Er lächelte mich an, und da musste Jette, der offenbar erst jetzt auffiel, was für ein Kostüm ich anhatte, lachen. Sie schlug sich die Hand vor den Mund, aber plötzlich war das Eis gebrochen, denn Nurit schmunzelte ebenfalls. Und da mussten Mika und ich auch lächeln. Sogar Harry, der zwischen uns hin und her lief und eifrig dabei wedelte, sah aus, als ob er grinste, so weit hatte er die Lefzen hochgezogen.

„Guten Tag“, sagte der Mann freundlich zu Papa. „Sie könnten der Vater dieser Schlecht-auf-Harry-Aufpasser sein, richtig? Ich bin Alit.“

Mika, Jette und ich mussten noch mehr lächeln, aber Papa sah irgendwie verwirrt aus. „Äh, ja“, sagte er. „Das ... das ist richtig. Blümel mein Name. Markus Blümel.“ Er streckte halbherzig die Hand aus und Alit nahm sie und drückte sie fest.

„Markus?“, fragte Nurit. „Das ist aber ein schöner Name!“

Papa brummte irgendwas in sich hinein und Nurit nahm Alits Arm und drückte ihn leicht. Papas Miene verfinsterte sich ein bisschen, und er nahm hastig seine Taschen hoch, die er gerade erst abgestellt hatte. „Ich werde dann mal ... Kommt, Kinder, wir gehen nach Hause,

Abendbrot essen. Ihr habt Nurit hier schon genug Ärger gemacht, jetzt wollen wir ihr nicht weiter zur Last fallen!"

„Ach nein, Sie fallen mir doch nicht zur Last", sagte Nurit, und jetzt sah sie ganz und gar nicht mehr streng und ärgerlich aus, sondern ein bisschen überrascht. „Kommen Sie doch rein, und die Kinder auch, dann können wir ..."

Aber Papa schüttelte den Kopf und scheuchte Mika und mich aus der Tür. „Nein danke, wir gehen. Es tut mir sehr leid, dass die Kinder Ihnen Kummer gemacht haben. Wird nicht wieder vorkommen. Schönen Abend noch." Er nickte Nurit und Alit zu, dann scheuchte er Mika und mich die Treppe hinunter, ehe wir uns versahen.

„Aber Papa, warum hast du es denn jetzt so eilig ...?", fragte ich, aber Papa schüttelte nur erneut den Kopf.

„Runter mit euch, los. Die Sache mit dem Hund hat sich erledigt, das ist ja wohl klar", sagte er grimmig. So grimmig hatten wir ihn selten erlebt, und deshalb hielten Mika und ich lieber den Mund.

Als wir die Haustür unten aufzogen, hörten wir jemanden hinter uns rufen. Ich drehte mich um. Jette kam die Treppe heruntergerannt.

„Ich muss auch los, mein Papa ..."

„… dreht sonst am Rad!“, nickte ich.

Mika, das feige Stück, nickte Jette nur knapp zu, nahm Papa eine Tasche ab und lief los, in Richtung nach Hause.

Jette lächelte mich bedauernd an. „Och Mensch, das tut mir echt leid! Aber ich hab Mika einfach nicht wiedergefunden!“

„Tja, Pech“, sagte ich achselzuckend. „Aber wie bist du dann eigentlich bei Nurit gelandet?“

„Na ja, ich bin dann wieder zur Ecke zurück, hier, wo die Kneipe ist, und da hat mich Harry wie verrückt weitergezogen, bis zum Hauseingang. Da stand Nurit gerade und schloss die Tür auf. Mann, hat sie Augen gemacht, als sie mich mit ihrem eigenen Hund sah.“ Jette kicherte kurz, dann wurde sie wieder ernst. „Sie hat natürlich gefragt, wer ich bin und wieso ich Harry dabeihab, und da hab ich ihr die Geschichte erzählt. Tja, und dann bin ich mit ihr hochgegangen und hab auf euch gewartet. Ich dachte, ihr kommt bestimmt vorbei – wo sollte ich denn auch sonst mit Harry hingehen?“ Sie sah mich ein bisschen schuldbewusst an. „Stimmt doch, oder?“

Ich zuckte mit den Schultern. Vorn an unserem Haus drehte Papa sich um und winkte mir zu und ich winkte zurück. „Ich muss los“, sagte ich. „Dumm gelaufen, schade!“

Jette nickte. „Ja, echt dumm gelaufen. Aber sag mal – Nurit hat was vom Tag der offenen Tür bei euch in der Tanzschule gesagt. Samstag um drei, oder? Da komm ich dann aber mal gucken, ja?"

„Meinetwegen", sagte ich und setzte mich in Bewegung. Papa sah richtig böse aus dahinten an der Tür. „Ich muss echt los, mein Papa ..."

„... springt sonst im Dreieck!", führte Jette den Satz für mich zu Ende und lachte. Dann lief sie ebenfalls los. Aber nach einem Moment drehte sie sich noch mal um. „Du, Milla?", rief sie.

„Ja?"

„Stell dir vor, eines von den Mädchen beim Ballett hatte das gleiche Kostüm an wie du!", rief sie. „Komisch, was?" Und dann war sie auch schon um die Ecke verschwunden.

„Sehr komisch", murmelte ich und machte, dass ich nach Hause kam.

10

CHAOS AUF DER BÜHNE

Oh!“, sagte Oma. „Das sieht aber gut aus hier. Lauter sportliche Menschen.“

„Jaja“, brummte Papa und bugsierte Oma am Ellenbogen durch die Menge. Der große Tanzsaal war mit mindestens zehn Reihen Stühlen bestückt, und die meisten von ihnen waren schon von aufgeregten Familien und neugierigen Leuten aus der Nachbarschaft der Tanzschule besetzt. „Aber die Sportlichste von allen bist doch du“, sagte Papa. „Jedenfalls siehst du so aus!“

Oma kicherte und nickte einem kleinen Mädchen in einem rosa Rüschenkleid zu, das sie neugierig anstarrte. „Da hast du wohl recht, mein lieber Sohn. Und ich sehe nicht nur so aus, ich bin es auch. Morgen im Kletterpark werde ich es dir beweisen.“ Sie knuffte Papa fröhlich in die Seite und schob sich zwischen zwei aufgeregt kichernden Ballettmädchen hindurch zu einem freien Stuhl in der zweiten Reihe. „Sollen wir uns hier hinsetzen?“

Die beiden Mädchen machten Platz und sahen Oma einen Moment lang aufmerksam an, bevor sie wieder die Köpfe zusammensteckten. Ja, Oma sah schon besonders aus mit ihrem flotten grauen Kurzhaarschnitt, den Jeans und dem knallgelben Pulli, den sie extra zur Feier des Tages angezogen hatte. Andere Omas trugen ja eher Sachen, in denen sie nicht so auffielen, aber unsere Oma hielt davon absolut nichts. Sie liebte auffällige Kleidung in knalligen Farben, und ich fand, sie sah damit auch echt cool aus.

Papa hingegen fand es eher peinlich, das wusste ich. Er hatte Oma vorhin beim Abholen auch noch dazu zu bewegen versucht, ihre nagelneuen weißen Sportschuhe gegen unauffälligere Stiefel auszutauschen, aber Oma hatte ihn nur ausgelacht.

„Los, kommt“, rief sie jetzt mit weit ausholenden Bewegungen. „Hier ist Platz für uns alle.“

Papa ließ sich neben sie fallen, aber Mika und ich schüttelten die Köpfe.

„Nee, Oma“, sagte ich. „Wir müssen jetzt doch erst mal in den Proberaum und dann tanzen.“

„Ach so", sagte Oma enttäuscht. „Das heißt, ich muss hier mit meinem Markus allein sitzen?"

„Nein, müssen Sie nicht, Frau Blümel", sagte eine Stimme hinter uns. „Wir setzen uns gern dazu."

„Das gibt es doch gar nicht!" Oma lachte und stand wieder auf. „Fräulein Großmann! Das ist wirklich eine Überraschung!"

Nurit stand hinter uns und lächelte erst Oma und dann Mika, mich und Papa an. „Hallo, Markus!"

„Hallo, Nurit!" Papa strahlte zurück, aber als er sah, wer neben Nurit stand, hörte er aber gleich wieder auf damit.

Nurit zog Alit am Arm nach vorn. „Darf ich vorstellen? Das hier ist mein kleiner Bruder Alit!" Papa sah vollkommen verdutzt aus, aber irgendwie auch erleichtert. „Alit, die drei hier kennst du ja schon, aber die flotte Dame hier, das ist Frau Blümel aus dem betreuten Wohnen, wo ich zweimal die Woche meinen Fit-im-Alter-Kurs gebe! Und Frau Blümel ist meine fitteste ..."

„... Alte", sagte Oma und kicherte. Dann rammte sie Papa den Ellbogen in die Seite. „Siehst du? Deine alte Mutter ist richtig gut in Schwung, das wirst du morgen schon sehen. Aber ..." Sie reichte Alit die Hand. „Woher kennen Sie denn schon den Rest meiner Sippe?"

„Ach, Mama, das ist eine längere Geschichte", murmelte Papa verlegen. „Nurit ist kürzlich bei uns ins Nachbarhaus gezogen. Und die Kinder führen ab und zu ihren Hund aus ..." Papa verstummte, denn offenbar war ihm gerade eingefallen, dass sich das ja wohl seit gestern wieder erledigt hatte. „Na ja", brummte er. „Jedenfalls sind wir Nachbarn."

Mika zog mich am Arm. „Milla! Guck mal, dahinten, dein Trainer!"

Hinten, an der Tür zu den Proberäumen, stand tatsächlich John und winkte mir ungeduldig zu. Hinter ihm lugten Isi und die anderen heraus und beäugten aufgeregt die vielen Zuschauer.

„Ich muss los", sagte ich rasch. Mika nickte.

„Ich auch."

Oma knuffte uns beide in die Wangen, dann setzte sie sich wieder hin und zog Nurit neben sich. „Bis nachher, Kinder. Ich bin ja sehr gespannt."

„Na, die verstehen sich ja gut", flüsterte Mika, während wir uns gemeinsam durch einen Pulk kichernder Kinder in Ballettkostümen schoben.

„Ja, und hast du Papa gesehen?", fragte ich. „Der wird ja fast so stumm, wenn er Nurit sieht, wie du bei Jette."

„Ach, lass mich doch in Ruhe", brummte Mika und

blickte zur Tür hinüber. „Oje, Dragana läuft schon auf Hochtouren."

Und wirklich, Dragana hatte sich neben John in den Türrahmen geschoben und betrachtete mit strengem Blick das Getümmel um sie herum. Sie hatte ein kleines Schreibbrett mit einer Liste darauf in der Hand, und als sie Mika entdeckte, kniff sie die Augen zusammen. „Mika! Bist du etwa noch nicht umgezogen?", rief sie laut. „Los, jetzt, aber dalli, Monsieur!"

„Hast du dein Kostüm und die Schläppchen auch wirklich dabei?", fragte ich. Diesmal hatte ich Wort gehalten und Mika dabei geholfen, alles zurechtzulegen.

„Klar", brummte Mika. „Oh Gott, die sieht aber sauer aus! Hilfe!"

Und wirklich, Draganas Augen funkelten, als wir bei ihr angelangt waren. „Mika!", rief sie. „Ich frage mich, was letztes Mal eigentlich in dich gefahren war! Du hast getanzt wie der letzte Anfänger!"

John, der sich eben hatte umdrehen wollen, blieb neugierig stehen. Ein paar Zuschauer, die schon auf den Stühlen nahe der Tür Platz genommen hatten, sahen Mika verwundert an, und Mika warf mir einen flehentlichen Blick zu. „Äh, ich ... mir war nicht so gut", murmelte er. „Aber jetzt geht es mir wieder gut." Er versuchte, sich an

Dragana vorbeizuschieben, aber sie stellte sich ihm in den Weg.

„Und dann einfach davonzulaufen, ohne Bescheid zu geben“, sagte sie streng und wedelte mit ihrem Klappbrett. „Ich weiß gar nicht, ob ich dich nun überhaupt noch tanzen lassen soll!“

Mika stand mit hängenden Schultern da. Mensch, fühlte ich mich auf einmal schlecht! Schließlich war ich ja eigentlich schuld am ganzen Schamassel. Nicht nur, dass ich so übel an seiner Stelle getanzt hatte – ich hatte Mika ja schließlich überredet, Harry auszuführen! Und der Plan, dass er mit Jette spazieren gehen sollte, war ja auch auf meinem Mist gewachsen ... auch wenn ich ihm damit ja nur einen Gefallen hatte machen wollen!

Mika stand immer noch mit hängenden Schultern unter Draganas strengem Blick da. Wie ich Mika kannte, fiel ihm sowieso nichts zu sagen ein. Aber mir!

Ich holte tief Luft. „Bitte, lassen Sie ihn tanzen“, sagte ich. „Letztes Mal, das war er nämlich gar nicht. Das war ich!“

Die Leute um uns herum starrten mich an, und Dragana kniff die Augen zusammen. „Wie bitte?“, sagte sie scharf.

Mika stieß mich in die Seite, aber ich ließ mich nicht

beirren. „Ich war das“, sagte ich mit fester Stimme. „Wir haben nämlich das gleiche Kostüm, leider ...“ Ich sah, wie John zu grinsen anfing, und für einen Moment kam ich ins Stolpern, aber dann redete ich schnell weiter: „... und Mika, der wollte ... der musste ... also, der hatte was ganz schrecklich Wichtiges zu tun, und da bin ich für ihn eingesprungen.“

John beobachtete mich neugierig. „Was, du hast Ballett getanzt?“, fragte er und grinste. „Du, Milla Blümel, hast Ballett getanzt?“

Ich zuckte mit den Schultern. „Ja“, sagte ich. „Also, ich hab es versucht, aber ich kann ja kein Ballett, ich kann eben nur Hip-Hop.“

John lachte vergnügt auf. „Na ja, jedenfalls so einigermaßen“, sagte er und zwinkerte mir zu. „Aber nun komm, du musst dich umziehen, wir sind als zweite Truppe dran.“ Er legte mir den Arm um die Schultern und wandte sich zu Dragana um. „Ach komm, Dragi, nun sieh es doch mal locker! Lass den Knaben tanzen! Er hatte eben was ... wie hast du gesagt, Milla? Etwas schrecklich Wichtiges zu tun. Und ich wette, dieses schrecklich Wichtige hatte zwei Beine.“

Mika lief tiefrot an, aber tatsächlich zeigte sich auf Draganas strenger Miene ein winziges Lächeln. Wortlos winkte sie Mika herein, und der nahm die Beine in die Hand und lief rasch an John und mir vorbei zur Umkleidekabine.

John lachte noch einmal laut auf, dann zog er mich mit sich. „Los jetzt, Milla! Umziehen! Ich hoffe, du kannst deine Schritte noch. Nicht, dass du aus Versehen Ballett tanzt."

Nein, Ballett tanzte ich nicht aus Versehen, aber dass ich mit meiner Rolle großartig glänzte, kann ich auch nicht behaupten. Gleich beim dritten Schrittwechsel kam ich aus dem Takt, und ich brauchte einen Moment, bis ich wieder im Rhythmus war. Isi neben mir funkelte mich böse an, aber immerhin hielt sie den Mund und tanzte brav weiter.

Mir war schrecklich heiß in meinem Kostüm, aber auch deswegen, weil es wirklich heiß war im voll besetzten Saal – und ein bisschen auch vor Aufregung. Immerhin guckten richtig viele Leute zu, die halbe Nachbarschaft, so kam es mir vor – und jedes Mal, wenn ich zu Oma guckte, entdeckte ich, dass nicht nur sie mich aufmerksam musterte, sondern natürlich auch Papa, Nurit und Alit.

„Aufpassen, Milla", zischte Isi mir zu, und erst jetzt

fiel mir auf, dass ich meinen Einsatz verpasst hatte. Ruckartig sprang ich nach vorn, stolperte über einen Fuß von Jackie und schwankte einen Augenblick hin und her, bevor ich mich wieder fing. Aber als ich die Hände nach oben riss, verlor ich erneut das Gleichgewicht. Ein Raunen ging durch das Publikum und eine ältere Dame schlug erschrocken die Hand vor den Mund.

„Eins und zwei und jetzt der Spin", rief John schnell und klatschte in die Hände. Die Musik hämmerte, ein ohrenbetäubender Beat donnerte durch den Saal, aber leider schaffte ich die Drehung nicht mehr. Wie ein nasser Mehlsack kippte ich zur Seite und plumpste zu Boden.

Einen Augenblick sah ich Sternchen, dann richtete ich mich wieder auf. Durch meine verrutschte Kapuze hindurch entdeckte ich Nurit, die erschrocken zu mir herstarrte, daneben Oma, die nach Papas Arm gegriffen hatte. Schnell rappelte ich mich wieder auf.

„Alles klar", rief ich, streckte einen Daumen in die Luft und machte ein paar Bocksprünge, bevor ich den Takt wiederfand und sofort einen bestens gelungenen Extraspin hinlegte.

Jackie grinste mir anerkennend zu und hob den Daumen, als ich mich wieder neben ihn bewegte, und sogar Isi lächelte knapp.

Ein paar Sekunden später war die Musik endlich zu Ende und ein ohrenbetäubender Applaus brandete auf. Wir verbeugten uns alle gleichzeitig, dann liefen wir hintereinander von der Bühne hinunter. John hielt mich einen Augenblick lang fest. „Boo-yah! Gut gemacht!", sagte er. „Super die Kurve gekriegt! Nicht unterkriegen lassen, genau darauf kommt's an. Aus dir kann doch noch ein Star werden, Milla. Wenn du fleißig weiterübst."
Er zwinkerte mir zu, dann gab er mir einen Klaps auf die Schulter. Ich lief den anderen hinterher, die sich neben der Tür zu den Umkleideräumen aufgereiht hatten. Jackie klatschte mich ab, und Isi verdrehte kopfschüttelnd die Augen, aber das war mir egal. Ich zog meine Kapuze herunter und sah schwer atmend zu, wie nun Mikas Truppe herauskam und begann, auf der Bühne aufzulaufen.
Mika tauchte als Letzter in der Tür auf und sein Gesicht unter der Schafskapuze war hochrot, als er neben mir stehen blieb und sie vorsichtig anhob.

„Weißt du, wer da ist?", flüsterte er mit schreckgeweiteten Augen. „Jette! Guck mal, dahinten! O Gott, wenn die mich erkennt!"

Er deutete mit dem Kinn in Richtung Eingangstür, und tatsächlich, dort standen Jette und Zoe, direkt hinter einem Haufen Kindergartenkinder mit ihren Eltern.

Genau in diesem Moment sah sie zu mir herüber und winkte mir freudig zu. Mika zog schnell seine Kapuze tiefer ins Gesicht.

„Hilfe“, flüsterte er. „Die darf mich auf keinen Fall erkennen, dann bin ich ganz unten durch!“

„Dann sieh zu, dass die Kapuze oben bleibt“, sagte ich und nickte zur Bühne hinüber, wo die anderen sich schon aufstellten. „Los, beeil dich, sonst spuckt Dragana Feuer!“

Mika schob sich durch die Menge davon in Richtung Bühne und einen Moment später tauchte Jette neben mir auf, gefolgt von Zoe.

„He, das war ja cool“, sagte Jette. „Besonders dein halber Stunt da! War bestimmt schwierig, das so hinzukriegen, oder?“

„Ja, war bestimmt schwierig“, pflichtete Zoe ihr bei.

Ich starrte die beiden an. Wie, dachten sie wirklich, mein Sturz war Absicht gewesen? Jackie, der neben mir lehnte, grinste frech in sich hinein.

„Oh ja, supersuperschwierig war das“, sagte er und schlug mir auf die Schulter. „Aber Milla ist eben eine supergute Tänzerin. Die ist die Einzige bei uns, die so was hinkriegt!“

Isi, die neben ihm stand, tippte sich an die Stirn und drehte sich weg.

Jette lächelte mich bewundernd an. „Wirklich, sehr cool! Und wo ist Mika? Tanzt der nicht auch hier an der Schule?"

„Klar!", rief Jackie. „Der ist gleich dran. Guck mal, da ..." Aber ich brachte ihn mit einem gezielten Tritt zum Schweigen. „Aua!", sagte Jackie und sah mich verwirrt an, während er sich das Schienbein rieb.

„Sorry, war ein Versehen!", sagte ich und lächelte Jette so breit an, wie ich nur konnte. „Ich weiß gar nicht genau, wo er steckt, mal gucken ... Oh, warte mal, jetzt fängt erst mal das Ballett an!"

Das Licht wurde ein wenig dunkler und die Zuschauer verstummten. Mikas Truppe hatte sich im Halbkreis aufgestellt; die meisten von ihnen trugen nur Tiermasken und Trikots in der passenden Farbe. Mika war der Einzige, der von seinem Schafskostüm ganz verhüllt wurde. Ich sah, wie er nervös von einem Fuß auf den anderen trat, aber als Dragana nach vorn an den Bühnenrand trat und eine Hand hob, erstarrte er. Mit den anderen stellte er sich in Positur: den Rücken durchgedrückt, die Arme seitlich herabhängend, die Füße an den Fersen zusammengestellt und an den Spitzen nach außen gewinkelt. Die erste Position also. Die einzige, die ich selbst einigermaßen fehlerfrei hinbekam. Ich musste kichern und ein älteres Ehepaar, das direkt vor mir saß, blickte mich tadelnd an.

Irgendwie musste ich dadurch noch mehr lachen, und Jackie neben mir fiel mit ein. Auch Jette und Zoe mussten grinsen; nur Isi verdrehte die Augen zum Himmel.

„Seid doch mal still, ihr Doofis!“, zischte sie, aber das half leider kein Stück. Aber immerhin gelang es Jackie und mir, fast lautlos zu kichern. Wir beruhigten uns erst, als Dragana uns einen bösen Blick von der Bühne zuwarf und zu sprechen begann.

„Verehrtes Publikum, sehen Sie jetzt eine kleine Etüde aus dem Stück ‚Farm der Tiere‘ von George Orwell! Viel Vergnügen und Bühne frei!“ Sie schwenkte auffordernd die Arme und trat zur Seite, während das Publikum zu klatschen begann.

Feierliche Geigenklänge ertönten, dann setzte eine Fanfare ein, und in das gute Dutzend Ballettschüler in ihren bunten Tierkostümen auf der Bühne kam Bewegung. Anmutig schwenkten und drehten sich Mika und seine Kolleginnen hin und her, hoben hier und da das Bein und stelzten nach vorn an den Bühnenrand, um sich tief zu verbeugen. Dann sprangen alle anderen zurück, nur Mika blieb vorn stehen. Sein Gesicht war unter der tief heruntergezogenen Kapuze nicht zu sehen. In einer sanft fließenden Bewegung hob er die Arme. Für einen Moment sah er aus, als wolle er abheben, dann wiegte er seinen Oberkörper nach rechts und nach links und stellte sich langsam auf die Fußspitzen. Langsam führte er seine Fingerspitzen zusammen, legte den Kopf leicht schief und bildete mit den Armen einen anmutigen Bogen.

„Oh“, raunte Jette neben mir. „Das ist doch ein Junge, das Schaf da, oder? Cool!“

„Hä, du findest Ballett doch doof“, flüsterte ich.

„Ja, aber nur bei Mädchen. Bei Jungs finde ich das irgendwie cool!“, sagte sie bewundernd, und Zoe nickte.

„Ja, bei Jungs ist das cool“, wiederholte sie.

Ich schüttelte den Kopf. Also manchmal wurde ich aus den Leuten echt nicht schlau!

„Und Hip-Hop“, fügte Jette leise hinzu und betrachtete Mika ehrfürchtig, der seine Arme nun wieder gen Decke erhoben hatte. „Hip-Hop finde ich eigentlich nur bei Mädchen cool.“

Mika drehte sich einmal herum und ließ sich dann zu einem Spagat nach unten sinken, wobei die anderen Ballettschülerinnen einen Kreis um ihn bildeten. Der einzige andere Junge unter ihnen, David in seinem Hundekostüm, stellte sich hinter Mika, fasste ihn unter den Armen und versuchte, ihn anzuheben.

Aber das ging mächtig daneben! Ich sah, wie Mika zusammenzuckte, auszuweichen versuchte und dabei gegen David stieß, der prompt das Gleichgewicht verlor. „Huh, das kitzelt!“, rief Mika, stolperte rückwärts, trat einem der anderen Mädchen auf den Fuß und fiel nach hinten, wobei er das Mädchen mit sich zog. Beide konnten sich nicht mehr halten und stürzten mit einem lauten Krachen zu Boden.

Es gab ein heilloses Durcheinander, als die anderen Mädchen auseinandersprangen. Einige von ihnen purzelten übereinander und das Kreischen, das dabei entstand, übertönte sogar die Fanfare, die nun erneut eingesetzt hatte, und Draganas wilde Rufe.

„Auseinander! Aber sofort“, rief sie aufgebracht und wedelte wie wild mit ihren langen Armen. „Hopp-hopp! Allez-hopp!“

Mika rappelte sich als Erster wieder auf, aber dabei rutschte ihm die Kapuze vom Kopf.

„Wow, das Schaf ist ja Mika“, sagte Jette bewundernd neben mir. „Cool!“

Das Publikum sah verwundert zu, wie sich das anmutige Ballettensemble oben auf der Bühne in ein totales Chaos verwandelte. Einige begannen zu lachen, und als Dragana, nun rot im Gesicht vor Wut, mitten ins Getümmel sprang und weiter herumfuchtelte, da fingen die meisten anderen auch an zu lachen.

Aber es war kein hämisches oder hässliches Lachen, wie ich fand, sondern ein vergnügtes. Die bunte Truppe auf der Bühne da oben sah aber auch zu lustig aus! Überall rappelten sich Mädchen in verrutschten Tierkostümen wieder auf oder versuchten, einander hochzuhelfen. Bei den meisten von ihnen waren die Tiermasken verrutscht oder abgefallen, und einige von ihnen sahen wütend aus, andere den Tränen nah, aber wieder andere prusteten vor Lachen.

„*En garde!*“, schrie Dragana. „In die erste Position, aber hopp-hopp!“

Ein paar der Mädchen leisteten sofort Folge, aber eines von ihnen, das als Schwan verkleidet war, stolperte über den Schleier eines anderen, das einen Schmetterling darstellen sollte, strauchelte und hielt sich am Schwan fest, worauf beide wieder zu Boden stürzten. Prompt fingen die anderen wieder an zu lachen. Und zwischen ihnen stand Mika und versuchte, seine verdrehte Schafskapuze wieder richtig aufzusetzen. Sein Gesicht war tiefrot, aber ich konnte trotzdem sehen, dass er sich das Lachen nur mühsam verkneifen konnte.

Plötzlich sprang John auf die Bühne, ein breites Grinsen im Gesicht. Die Musik verstummte. *„Ladies and Gentlemen!“*, rief er vergnügt und breitete die Arme aus, wobei er sich zur Seite drehte. „Hier sehen Sie eine echt gute Tanztruppe! Aber manchmal spielt das Leben nicht so ganz mit, deswegen bitte ich erst mal um einen großen Applaus!“ Er verbeugte sich in Richtung der Tanztruppe und die Zuschauer begannen zu juchzen und zu klatschen. Dragana drehte sich um und lächelte ins Publikum. Ich fand zwar, dass sie wie ein grinsender Haifisch aussah, aber immerhin blickte sie nicht mehr ganz so wütend wie zuvor.

John legte einen Arm um sie und küsste sie auf die Wange. „Noch einen Sonderapplaus für meine reizende Kollegin!“, rief er, und das Publikum begann zu johlen. Hinter den beiden hatte sich die lädierte Tanztruppe mittlerweile wieder in Form gebracht und aufgestellt, und als John und Dragana sich an den Händen haltend verbeugten, taten Mika und die anderen es ihnen gleich.

John legte eine lässige Drehung hin, gefolgt von ein paar Tanzschritten, dann sprang er ebenso lässig von der Bühne, wie er hinaufgesprungen war, und Dragana hob die Hände. „Nun denn, jeder verdient eine zweite Chance“, rief sie. „Wir beginnen von Neuem.“

Beim zweiten Anlauf klappte die Ballettvorführung reibungslos – von ein paar Stolperern abgesehen –, und der anschließende Applaus donnerte regelrecht durch den Saal. Die Truppe verbeugte sich dreimal hintereinander, bevor Dragana sie mit einem zufriedenen Lächeln und einer huldvollen Handbewegung endlich von der Bühne schickte. Kichernd und schwatzend schoben sich Mikas Ballettfreundinnen an uns vorbei. Mika kam hinter David, wiederum als Letzter, und als er Jette neben mir stehen sah, lief er wieder rot an und versuchte, sich hinten an mir vorbeizudrücken.

Aber Jette stellte sich ihm in den Weg. „Cool", sagte sie. „Echt cool, Mika, das sah echt toll aus."

„Öh, ja?", brummte Mika und zupfte einen unsichtbaren Fussel von seinem Schafskostüm, das ziemlich gelitten hatte. Die Kapuze hing schlaff herunter und ein Ärmel war seitlich angerissen.

„Ja, super!", bekräftigte Jette und lächelte Mika an.

„Echt super!", echote Zoe. „Total super!"

„Du hast ja gar nicht erzählt, dass du Ballett tanzt", sagte Jette und musterte Mika von oben bis unten.

„Öh, nein?", fragte Mika. „Äh, ich muss mal ... also ich muss mal ... äh... "

Jette grinste ihn an. „Aber diesmal tauchst du ja wohl

hoffentlich wieder auf, oder?", sagte sie, und Mika nickte nur knapp und machte, nach einem verwirrten Blick zu mir, dass er davonkam.

„Na, Mäuschen?" Papa war zu mir herübergekommen und legte mir den Arm um die Schultern. Hinter ihm kamen Nurit und Alit, die Oma in die Mitte genommen hatten. Alle vier sahen ziemlich vergnügt aus, aber Papa zog dann doch die Stirn kraus. „Ich weiß ja nicht so recht, ob sich die Investition in die Tanzschule wirklich lohnt", sagte er. „Erst stolperst du, dann Mika, und dabei mischt ihr noch fast den ganzen Laden auf." Er schüttelte den Kopf, dann begann er zu lachen. „Aber was soll's – Hauptsache, ihr habt Spaß."

„Uns hat es auf jeden Fall Spaß gemacht", sagte Nurit und Alit grinste dazu.

„O ja!", bestätigte Oma. „Aber morgen werden wir noch mehr Spaß haben, wetten? Und zwar alle zusammen ... außer Alit, der muss ja leider schon wieder abreisen. Aber Nurit kommt mit in den Kletterpark, als Ehrengast zu eurem Geburtstag, wenn euch das recht ist."

„Echt?", fragte ich. „Cool! Und ... und Harry, kommt der denn auch mit?"

Nurit und Papa wechselten einen Blick. Dann lächelte Nurit.

„Ja, der kommt auch mit“, sagte sie. „Nicht wahr, Markus?“

Papa sah plötzlich so verlegen aus, als hätte sie ihm einen Kuss gegeben. „Natürlich“, sagte er rasch. „Gern kommt der Hund mit.“

„Dann ist ja alles klar!“ Nurit drückte seinen Arm und Papa lief knallrot an. „Aber jetzt müssen wir los, Alit muss zum Zug.“

„Wir bringen euch raus“, sagte Oma, „die Kinder müssen sich ja noch umziehen. Bis gleich, Schätzchen!“ Und schon setzte sie sich in Bewegung, gefolgt von den anderen. Alit lächelte mir zu und winkte und ich winkte zurück.

Jette sah mich an, als ich mich wieder zu ihr umdrehte. „Ihr habt morgen Geburtstag, echt?“

„Echt?“, echote Zoe.

Ich nickte. „Ja“, sagte ich. „Echt!“

Jette beugte sich zu mir und flüsterte mir etwas ins Ohr, und da musste ich grinsen. Ich nickte erneut. „Ja“, sagte ich. „Klar, kann ich machen.“

11

EIN HUND FÜR MILLA – JEDENFALLS MANCHMAL!

Mutter! Nicht so hoch!", brüllte Papa und hielt sich an seinem Seil fest. „Pass bloß auf, das geht wirklich tief runter!"

Mika, der neben ihm auf der Hängeleiter balancierte, grinste vergnügt. „Oma schafft das schon, Papa. Pass du lieber selber auf."

Ich legte eine Hand über die Augen und sah nach oben, wo Oma soeben aus eigener Kraft die nächste Plattform erreicht hatte und stolz wie Oskar zu mir herunterwinkte.

„Guck mal, Millaleinchen", rief sie zufrieden. „Hier bin ich! Markus?"

Papa grunzte und versuchte, die nächste Stufe auf der Hängeleiter zu erreichen, aber er verfehlte sie und rutschte ab. Mit einem Affengeheul glitt er einen halben Meter in die Tiefe, bis sein Tragegurt ihn auffing. Hilflos schaukelte er hin und her. „Das ist doch ... nicht auszuhalten!“, rief er kläglich. „Das ist Sabotage!“

„Nein“, sagte Nurit freundlich, die am nächsten Pfahl nach unten rutschte und Papa mit einem festen Griff an seinem Haltegurt zu sich heranzog. „Das ist nur einfach Klettergeschick.“

Papa hangelte sich an seinem Seil mühsam zu ihr hinüber und klammerte sich schwer atmend an den Pfahl neben Nurit. „Hilfe“, ächzte er. „Hätte ich mich doch nie darauf eingelassen. Milla, du kannst gern für mich einsteigen, ich gebe auf.“

„Hier gibt keiner auf“, rief Oma von oben. „Los, Markus, komm weiter. Guck mal, wo ich schon bin.“ Sie wedelte vergnügt mit den Armen, und über ihr schien die Sonne von einem makellos blauen Himmel auf uns herunter.

Ich beugte mich nach vorn und kraulte Harry, der sich zu meinen Füßen zusammengerollt hatte, zwischen den Ohren. Harry hob kurz den Kopf, leckte mir über die Hand und ließ ihn mit einem Seufzer wieder sinken.

„He, ich brauch eine Pause.“ Mika tauchte vor mir auf, ließ seinen Gurt nach unten rutschen und griff sich eine der Wasserflaschen, die wir mitgebracht hatten. Dann hockte er sich neben mich.

Ich griff in meine Hosentasche und stupste ihn an. „Hier, für dich!“

Mika sah misstrauisch auf den Umschlag in meiner Hand. „Hä, du hast mir doch schon das neue Sportshirt geschenkt.“

„Ist ja auch nicht von mir“, sagte ich und drückte ihm den Umschlag in die Hand. Mika betrachtete ihn von vorne und von hinten, dann riss er ihn auf und zog den Brief darin heraus.

Ich flötete unbeteiligt vor mich hin, während er las. Als er nach ungefähr einer Minute immer noch schwieg, sah ich ihn an. So lange brauchte man doch nicht, um einen klitzekleinen Brief zu lesen!

Aber Mika las ja auch gar nicht mehr. Stattdessen starrte er stumm auf das Papier in seiner Hand.

„Na, was steht denn drin?“, fragte ich.

Mika sah mich an, als wäre ich ein Gespenst. „Der ... der ist von Jette“, sagte er ungläubig. „Sie will mit mir ins Kino gehen. Als Geburtstagsgeschenk.“

„Na, cool“, sagte ich und musste grinsen, weil er so verdattert aussah. „Prima. Da musst du dann ja auch nicht viel reden.“

Mika versuchte, mir eine Kopfnuss zu geben, aber ich duckte mich weg. „Woher hast du den Brief denn?“, fragte er.

„Mädchengeheimnis“, sagte ich grinsend und blickte zu Papa hoch. Der hatte sich inzwischen auf die Plattform neben Nurit gerettet und sah ein wenig grün im Gesicht aus. Über ihm winkte Oma fröhlich zu uns herunter. Ihre weißen Sportschuhe und das dazu passende weiße Shirt leuchteten im strahlenden Sonnenlicht. Ich winkte zurück. Dann legte ich die Hände wie einen Trichter um den Mund. „Die Geburtstagskinder haben Hunger“, rief ich. „Wir wollen ein Stück vom selbstgebackenen Kuchen.“

„Ja!“, rief Papa hastig zu mir herunter. „Da bin ich auch für. Und Kaffee brauche ich auch, ganz dringend. Ich komme!“ Er machte sich eilig an den Abstieg, und Nurit winkte Oma lachend zu.

„Kommen Sie auch, Frau Blümel?“

„Nein, auf gar keinen Fall“, rief Oma zurück. „Ich bin fast oben, da kletter ich doch jetzt nicht mehr runter.“

Nurit lachte. „Okay, dann komme ich zu Ihnen nach oben.“

Mika und ich sahen uns an uns grinsten. Dann guckte Mika wieder auf seinen Brief, und ich kraulte Harry erneut hinter den Ohren, der wohlig seufzte.

„Guter Hund“, flüsterte ich zufrieden. Also, meinen größten Wunsch, einen eigenen Hund, hatte ich zwar nicht erfüllt bekommen. Aber irgendwie war das auch gar nicht mehr so ganz dringend nötig. Schließlich hatte ich Harry. Den durfte ich ab jetzt auch allein ausführen, das hatte Nurit mir zum Geburtstag versprochen. Also hatte ich doch einen Hund! Jedenfalls manchmal.

„Milla, hol doch schon mal den Rucksack mit dem Kuchen aus dem Auto, ja?“, rief Papa, der jetzt auf dem Boden gelandet war und sich aus seinen Gurten schälte, und ich stand auf und stieg über Harry hinweg, der in diesem Moment ebenfalls aufsprang.

Und plötzlich war da irgendwas zwischen meinen Füßen, und klatsch, schon lag ich unten!

Tja, schon mal über eine Hundeleine gestolpert? Übel! Echt übel! Ganz böse Falle!

Erst mal sah ich nur Sternchen, und dann bekam ich etwas Nasses ins Gesicht. Und zwar Harrys megalange Zunge, die mir quer durchs Gesicht leckte. Hilfe, das kitzelte vielleicht! Ich musste kichern. Und dann hörte ich Nurits Stimme.

„Ach, du Scheiße“, rief sie von der Plattform zu mir herunter. „Hast du dich verletzt?“

Schlapp! Wieder leckte Harry mir quer durchs Gesicht.

Ich musste laut lachen, dann schob ich ihn beiseite und setzte mich auf. „Nee“, rief ich. „Alles in Ordnung! Ich glaube, ich rieche nur lecker.“ Und dann legte ich die Arme um Harry und drückte ihn an mich.

Harry wuffte einmal kurz auf und wedelte heftig.

Und was das heißen sollte, war ja wohl klar!

Ende

Leseprobe

256 Seiten., €/D 12,99

Lea ist zum ersten Mal verliebt – in Jan. Aber wie soll man nur mit seiner ersten großen Liebe reden? Sie beginnt den längsten und definitiv peinlichsten Liebesbrief der Welt zu schreiben. Er darf nur NIE, NIE, NIEMALS in Jans Hände geraten …

Lies doch mal rein!

Montag, 9. September

Hey Jan,

~~das hier ist kein Liebesbrief! Ich bin nämlich nicht in dich verliebt. Genau genommen war ich noch nie verliebt und ich weiß auch nicht so richtig, wie sich das anfühlen soll. So einen Brief anzufangen, ist irgendwie ganz schön schwer.~~

Ich habe uns nebeneinander gezeichnet, damit du siehst, wie gut wir zusammenpassen. Würden. Im echten Leben stelle ich mich nämlich leider nicht einfach neben dich und sage: „Guck mal, wie gut wir zusammenpassen!“ Dazu müsste ich dich ja auch erst mal vor einen Spiegel zerren und der einzige Ort mit Spiegeln an unserer Schule sind die Toiletten und die Umkleiden … Stopp! Das will ich mir lieber nicht vorstellen.

Also, weil ich nie im Leben den Mut hätte, dir zu sagen, wie unglaublich supermegatoll ich dich finde, schreibe ich dir diesen Brief. Und weil ich mich im echten Leben in Wackelpudding verwandele, sobald ich dich sehe, werde ich vermutlich auch niemals den Mut haben, dir diesen Brief zu geben. Echt blöd, aber so ist das halt. Pinky sagt, ein Junge darf niemals merken, wenn ein Mädchen ihn gut findet. Er soll dafür aber merken, dass er das Mädchen gut findet. Pinky ist ziemlich ausgeflippt, wie du sehen kannst. Ganz anders als ich. In ihrer Schultasche ist gerade mal Platz für ihre Schminke, einen Block und ihr Mäppchen. Ihre Bücher lässt sie meistens in der Schule. Wenn sie mal eins braucht, trägt sie das unterm Arm nach Hause.

Aber eigentlich braucht sie selten eins, denn Lernen ist ihrer Meinung nach Zeitverschwendung. Alles Wichtige merkt man sich so, und alles, was man sich nicht merken kann, ist auch nicht wichtig, sagt Pinky. Die Lehrer sehen das natürlich ganz anders. Deshalb musste Pinky auch schon eine Ehrenrunde drehen, aber das ist ihr völlig egal. Ganz schön cool, ihre Einstellung, was? Also, ich könnte nie so locker sein. Pinky findet mich immer zu brav. Sie meint, ich solle mir wenigstens auch mal 'ne pinke Strähne färben. Das wär aber ja nachgemacht, deshalb lass ich das. Vielleicht fällt mir mal was anderes ein, was eigenes. Jedenfalls ist Pinky meine beste Freundin, aber ihre Ratschläge finde ich manchmal trotzdem komisch. Warum darf man es einem Jungen nicht zeigen, wenn man ihn mag? Also, ich würde dir sofort sagen, dass du mich total umgehauen hast. Ähm, ja, wenn ich mich das halt trauen würde. Die letzten Jahre muss ich wohl mit Rollläden vor den Augen durch unsere Schule gelaufen sein – anders kann ich mir nicht erklären, weshalb ich dich erst heute richtig wahrgenommen habe.

Es ist der erste Tag nach den Sommerferien. Die Sonne scheint und ich schlendere über unseren Schulhof. Findest du es auch so witzig, dass die Lehrer diesmal ein kleines Fest veranstalten und ihre AGs präsentieren? Ich glaube, das hängt mit diesem Lehrer-Preis zusammen, den Direktor Broll im letzten Schuljahr ausgelobt hat: *Für mehr Engagement an unserer Schule*. Seitdem wetteifern sie geradezu, wer der tollste Lehrer ist. Meine Klassenlehrerin, Frau Sauerwein, scheint mit ihrer Theater-AG ganz weit vorn zu liegen und jetzt hat sie sich zusätzlich noch die „Girl-Power"-AG ausgedacht. Wohl eine

Art Selbsthilfegruppe – natürlich nur für Mädchen, wie der Name schon sagt. Ein paar Fünftklässlerinnen scharen sich um ihren Stand und tragen sich in die Liste ein. Also, ich würde mich in keiner der beiden AGs anmelden, schon allein wegen der Sauerwein. Die ist manchmal ziemlich anstrengend.

Direkt neben Frau Sauerwein wirbt Frau Müller für die Koch-AG.

Soll ich das mal ausprobieren? Lieber nicht, am Ende denkt meine Familie dann, dass ich sie ständig bekoche. Gerade will ich weitergehen, da trifft mich plötzlich der Blitz, zack! Echt jetzt, so war das! Ich kann mir das auch nicht erklären, weil weder Gewitterwolken noch Starkstromkabel in der Nähe waren. Aber da warst DU! Eigentlich standest du einfach nur bei Frau Müller und hast gar nichts gemacht. Oder doch – du hast sehr nett gelächelt, während der Blitz mich quasi zu Brei püriert hat. Frau Müller hat so eine Suppe für alle gekocht, in die man Buchstabennudeln reinwerfen konnte. Vorher sollte man mit den Nudelbuchstaben ein Wort oder einen Satz legen, irgendwas, das man sich für das neue Schuljahr wünscht. Danach hat man dann eine Tasse von der Suppe bekommen, damit man den Wunsch in sich aufnehmen kann. Ehrlich gesagt, hasse ich Nudelsuppe, und für eine Koch-AG finde ich Nudelsuppe auch ziemlich armselig, aber was soll's? Du stehst da und wie ein unsichtbarer Magnet zieht es mich plötzlich zur Nudelbrühe. Ich weiß auch schon ganz genau, was ich mir wünsche, und lege das Wort:

Natürlich mach ich das verdeckt, denn ich möchte nicht, dass jemand dieses peinliche Wort sieht. Schon gar nicht du! Leider kann ich so auch nicht sehen, welches Wort du gerade legst. Ich verhalte mich so unauffällig, dass du mich kaum bemerken kannst, und trotzdem: Wir haben miteinander geredet!

Ja, ich weiß, die Antwort war etwas ungewöhnlich. Aber ich hatte gerade kein E mehr zur Hand und echt jetzt, das weiß doch jeder, dass eine 3 ein E ergibt, wenn man sie spiegelverkehrt hinlegt. Ich verstehe also nicht, warum du mich so komisch angeguckt hast. Und dann drehst du auch noch ohne ein Wort deinen Kopf zur Seite, und zwar zur Kröten-Caro. Sie reicht dir mit zuckersüßem Lächeln ein E, klimpert dazu mit den Augen, und sagt mit weichgespülter Stimme: „Bitteschön, Jan!" Bäh! Wenigstens wusste ich ab da deinen Namen, wenn auch aus *ihrem* Mund. Kröten-Caro ist unsere Klassenbeste und leider ziemlich hübsch. Aber wenn du sie küsst, verwandelt sie sich in eine Kröte. Woher ich das weiß? Frag mich nicht. Ich hab sie natürlich nicht geküsst und werde es auch niemals tun, aber ich weiß es halt! Ihr ganzes Getue ist einfach krötenschleimig. O. k., das hört sich jetzt wahrscheinlich tierisch neidisch an. Aber bevor ich so sein will wie sie, verzichte ich lieber auf dich. Schluck! Das fällt mir jetzt echt schwer … aber ich bleibe dabei. Oder wie findest du solche Sätze?

Das hat sie wirklich mal gesagt! So, als wäre sie gerade im Fernsehen. Dabei hatten wir nur Religion bei Frau Müller und sollten uns überlegen, wofür wir im Leben dankbar sind. Kröten-Caro inszeniert sich andauernd, ihr Leben ist ein einziger Auftritt. Deshalb ist sie auch in der Theater-AG – noch ein Grund, dort niemals mitzumachen! Abgesehen davon, dass ich mich auch nicht trauen würde, auf einer großen Bühne aufzutreten. Aber dass du jetzt mit dieser Schleim-Kröte lachend weiterziehst, trifft mich mitten in mein armes Herz. Wütend schmeiße ich mein LOVE in die Suppe. Frau Müller will mir gerade eine Kelle von der Brühe ausschenken, da kommt Direktor Broll und brüllt Frau Müller an, was sie da mache. Er findet es nämlich total unhygienisch, wenn alle mit ihren Fingern die Buchstaben anfassen und danach die Suppe essen, in die sie die Nudeln reingeworfen haben. Deshalb muss Frau Müller das Zeug wegkippen und ihren Stand schließen. Toll, jetzt kann ich mein LOVE nicht mal in mich aufnehmen. Und die arme Frau Müller ist im Lehrer-Contest wahrscheinlich gerade ganz weit nach unten gerutscht.

„Frau Müller, was für ein Wort hat denn der Jan eigentlich gelegt?“, frage ich noch neugierig. Frau Müller, die gerade den Suppentopf vom Campingkocher nimmt, lächelt mich lieb an. „Er hat „POMMES, 3 €“ gelegt, und was war dein Wort?“

„GUTE NOTEN“, lüge ich und verziehe mich.

„POMMES, 3 €“? Was soll das denn? Wünschst du dir Pommes an unserem Schulkiosk? Also, das könnte ich wirklich verstehen, aber drei Euro? Das ist ja wohl viel zu teuer! Was hast du dir dabei nur gedacht?

Oh, mein Brief ist schon ganz schön lang geworden, aber irgendwie noch lange nicht fertig. Ich habe das Gefühl, dass ich ewig so weitererzählen könnte. Aber jetzt ist es schon ziemlich spät und ich geh besser mal ins Bett, sonst komm ich morgen nicht raus. Ich schreibe wann anders weiter. Gute Nacht, Jan!

Liebe Lea,
das kann ich ja gar nicht glauben: Meine Tochter ist ver-
liebt! Vielleicht hatte Jan einfach Hunger auf Pommes und
hat deshalb das 'Wort gelegt. Jungs denken sich oftmals gar
nichts bei dem, was sie tun. Bitte entschuldige, dass ich
einfach hier reingelesen habe, aber das Buch lag so verführe-
risch auf deinem Schreibtisch. Ich möchte dir noch einen Rat
geben: Natürlich darfst du einem Jungen zeigen, wenn du
ihn magst. Aber bedenke immer: Wenn wir etwas allzu leicht
haben können, schätzen wir es schnell gering. Ich bin immer
für dich da!
In Liebe, dein Papa

Das verdrehte Leben der Amélie

1 Beste Freundinnen

Die Reihe für witzige und coole Mädels

2 Heimlich verliebt

3 Sommerliebe

4 Die Welt steht Kopf

5 Total verliebt

6 Camping, Chaos & ein Kuss

7 Herzstürme

8 Mitten im Leben

Jeder Band €/D 14,99

kosmos.de

Preisänderung vorbehalten